LA SECTE DES ÉGOÏSTES

Né en 1960, normalien, agrégé et titulaire d'un doctorat en philosophie, Eric-Emmanuel Schmitt s'est d'abord fait connaître au théâtre avec *Le Visiteur*, devenu un classique du répertoire international. Rapidement, d'autres succès ont suivi. Plébiscitées tant par le public que par la critique, ses pièces ont été récompensées par plusieurs Molière et le Grand Prix du théâtre de l'Académie française. Son œuvre est désormais jouée dans plus de cinquante pays. Sa carrière de romancier, initiée par *La Secte des Égoïstes*, s'est entre autres poursuivie avec *L'Évangile selon Pilate, La Part de l'autre, Ulysse from Bagdad*... Son *Cycle de l'Invisible* (*Milarepa, Monsieur Ibrahim et les fleurs du Coran, Oscar et la dame rose, L'Enfant de Noé*) a remporté un immense succès en France et à l'étranger. En 2006, il écrit et réalise son premier film, *Odette Toulemonde* (sorti en février 2007). Grand amateur de musique, Eric-Emmanuel Schmitt est aussi l'auteur d'une autofiction : *Ma vie avec Mozart*. Il vit à Bruxelles et vient de réaliser son deuxième film, tiré d'*Oscar et la dame rose*.

ERIC-EMMANUEL SCHMITT

La Secte des Égoïstes

ROMAN

ALBIN MICHEL

© Éditions Albin Michel S.A., 1994.

ISBN : 978-2-253-14050-4 - 1re publication - LGF

Pour Dominique

C'était un soir de décembre à la Bibliothèque nationale.

Lassé d'avoir fiché, noté, annoté, relevé, discuté, dépouillé, médité tout le jour, les yeux usés et la main lourde, je posai ma plume et repoussai ma chaise.

Alentour, des corps cassés sur les bureaux, des crânes luisant sous les lampes, et de longs murs de livres fermés, muets, impénétrables. Une glu liquide et glauque figeait la Grande Salle dans un silence étale. Rien ne bougeait. Il stagnait une odeur de poussière propre, de celles que l'on remue tous les matins.

« Je rêve... je ne vis plus... Je me suis fait épingler dans un trompe-l'œil... »

Pour la première fois, je pris mon travail en haine. Je regardai mes piles de dossiers comme des choses lointaines, étrangères, ces dossiers sur lesquels me pliait depuis des années mon labeur d'érudit, d'obscures recherches sur la linguistique médiévale qui n'intéressaient personne, pas même moi.

Une ombre glissa tout en haut, le long des verrières sombres.

Je scrutai autour de moi.

Les crânes pensaient. N'étaient leurs yeux qui

oscillaient de temps à autre à travers les poches de peau et les lunettes d'écaille, on aurait pu douter qu'ils fussent encore en vie. Ils lisaient ; comme le lézard immobile digère l'insecte, ils absorbaient le savoir, se pénétraient de la mémoire du monde, rivés à l'essentiel. Comme l'éternité est ennuyeuse lorsqu'elle traverse le temps...

Alors je me levai.

Je toisai tous les crânes. Ah ah ! ils ne se doutaient pas !...

Affichant un sourire sardonique, je m'engouffrai dans les salles du sous-sol qui contenaient les catalogues.

Je venais de décider d'enfreindre la loi : j'allais lire quelque chose d'inutile ! Comme ça. Gratuitement. Transgresser les règles du chercheur, musarder, lire pour le plaisir... Un crime, quoi !

Fermant les paupières, j'errai entre les blocs, ouvris un tiroir au hasard pour en extraire une fiche à tâtons. N'en relevant que la cote, j'allai déposer ma demande.

Je repris ma place dans l'ossuaire de la Grande Salle et, pendant les dix minutes que j'attendis, je ris tout seul d'une joie très intérieure.

Enfin, le garçon de salle m'apporta un vieux volume de cuir rouge, à la tranche violette. C'était le *Dictionnaire patriotique*, œuvre d'un certain Fustel des Houillères, publié en 1798, in-quarto, chez Nicéphore Salvin, libraire.

Bonheur ! L'ouvrage m'était totalement inconnu.

Continuant à m'abandonner au hasard, j'ouvris où cela s'ouvrit, et trouvai, en haut de la page 96, l'article suivant :

ÉGOÏSME *(terme de philosophie)* : On appelle *égoïste* l'homme qui croit que lui seul existe au monde, le reste n'étant que songe.

A la grande honte de l'esprit humain, il y

eut, à Paris, au début de ce siècle, un homme qui associa son nom à cette absurdité, un certain Gaspard Languenhaert, originaire de la république de Hollande. Il était si beau, dit-on, et si bien tourné que les femmes seules eussent suffi à assurer son succès à Paris, mais la philosophie était sa vraie maîtresse et il voulut s'illustrer par une doctrine. Teinté de philosophie anglaise, assez pour saisir les problèmes, trop peu pour les résoudre, il partait de quelques remarques acceptables, dont il tirait des conséquences invraisemblables. Ainsi, disait-il, soit que je m'élève jusque dans les nues, soit que je descende dans les abîmes, je ne sors point de moi-même, et ce n'est jamais que ma propre pensée que j'aperçois. Donc, le monde n'existe pas en soi, mais en moi. Donc, la vie n'est que mon rêve. Donc, je suis à moi seul toute la réalité...

Au dire des contemporains, ce jeune homme passa allégrement du soupçon légitime porté sur les limites de notre connaissance à cette affirmation que les choses n'étaient qu'*en lui*, que *par* et *pour lui*. Ainsi allait-il par les salons, recherchant une compagnie nombreuse pour proclamer qu'il était seul au monde, poursuivant ses interlocuteurs pour leur expliquer qu'ils n'existaient pas, soutenant, le verre à la main, que la matière était une hypothèse inutile, parlant, pérorant, argumentant, attaché aux pas de tous les mondains pour affirmer que lui seul était assuré d'être, et que la survie de l'univers demeurait accrochée à son bon vouloir. On appréciait sa bonne mine, on s'amusa de ses discours, il devint, le temps d'une saison, l'original indispensable à tout salon. Mais le bon sens lui retira bientôt l'oreille que la curiosité lui avait prêtée. Son succès fut bref. On le soupçonna d'être sincère, c'est-à-dire fou, et les bons esprits le rejetèrent.

La suite prouva qu'on l'avait bien jugé, car, exclu du monde, il alla fonder une *Secte des Égoïstes* pour pouvoir répéter ses délires. Chaque semaine, pendant quelques années, se réunit, au village de Montmartre, un groupe d'individus qui, chacun, se croyait seul et à lui seul tout l'univers. Que pouvaient-ils se dire? Qu'ils parlassent, c'est probable, mais s'entendirent-ils jamais? La Secte des Égoïstes, faute d'élèves, dut fermer; Gaspard Languenhaert publia un *Essai d'une métaphysique nouvelle*, sans lecteurs, sans audience, et se trouva de nouveau seul. Mais pour lui, sans doute, quelle importance?

Il mourut vite, à Paris, en 1736, de l'absorption d'une trop forte dose d'opium, sans doute lassé de porter le monde sur ses épaules. Il n'eut aucune influence sur ses contemporains, non plus que sur la postérité.

Mais n'aurait-il pas été contradictoire avec sa doctrine même qu'il en eût?

J'étais émerveillé.

Ainsi un homme, un jour, dans l'histoire du monde, avait théorisé ce que j'éprouvais si souvent, ce sentiment qui m'avait gagné tout à l'heure... l'impression nauséeuse que les autres et les choses n'existaient pas... l'idée d'être la seule conscience vivante, perdue au milieu d'un univers de songes... ce doute, ce doute moite, cotonneux, envahissant, qui vide le réel de sa réalité...

Je regardai autour de moi. Les crânes n'avaient rien remarqué de ma joie.

Je bondis aux souterrains. J'avais besoin d'en savoir plus. Il me fallait le livre, cet *Essai d'une métaphysique nouvelle*.

Ma fatigue s'était évanouie, je remuai des

mètres de fiches, soulevai des kilos d'index, retrouvai des yeux pour scruter les microfilms, j'appelai les bibliothécaires à ma rescousse... Je devais tout savoir sur Gaspard Languenhaert.

En vain! Il n'y avait rien. Rien de lui. Rien sur lui.

Dans un sursaut, je me rappelai que le XVIIIe siècle n'était guère rigoureux dans l'écriture des noms propres; j'essayai toutes les graphies : Languenhaert, Languenert, Leguenhaert, de Langenhaert, van Langenhaert, van de Languenhaert, de La Guenherte... Rien n'y fit. Les catalogues restaient muets.

Je sentais la fatigue m'engourdir, mais je me ressaisis. Je serrai les dents et sautai sur mes pieds : il me fallait une information objective avant de quitter la Bibliothèque.

J'eus alors l'idée bizarre d'aller aux microfilms vérifier la date de sa mort. Les registres royaux? Il n'y était pas. Les registres de la morgue du Châtelet? Il n'y était pas. Quoique je doutasse qu'un suicidé eût une chance de s'y trouver, je pris les registres de l'archevêché : il n'y était pas non plus. Je lus la liste des concessions faites dans tous les cimetières parisiens, les actes notariés, les testaments, j'essayai tout, tous les noms, toutes les dates, je faisais défiler les morts par milliers, je prononçais, pour la première fois depuis des siècles, les noms de ceux qui n'étaient plus que terre, vers et pourriture, je remuais les ombres, je brassais les fantômes... Il n'était pas là non plus.

Ainsi, Gaspard Languenhaert avait eu raison de penser qu'il rêvait le monde puisque celui-ci avait cessé d'exister au moment même de sa disparition, oubliant de noter son absence...

Un peu de mystère excite, trop abrutit. On frappa sur mon épaule. Les agents de salle me répétaient que la Bibliothèque fermait. On me mena par le bras jusqu'à la cour.

Et là, sous la lune blême, entre les pavés et les étoiles, je soulageai ma vessie en rêvant au destin de cet homme qui pensa qu'il était tout et dont il ne restait rien.

Non loin de moi, un chien me regardait, étonné qu'on puisse lâcher tant d'urine à la fois.

Sur la gouttière, un grillon composait son programme du soir.

La lune, elle, ne songeait à rien.

Le lendemain était un dimanche, et je haïssais les dimanches. J'aurais volontiers évité ce jour inutile, mais une conspiration universelle, due à l'action conjointe des lois, des Églises et du consentement joyeux de milliers d'imbéciles, me contraignait à m'amuser, moi qui n'aimais que le travail. Je me heurtais aux portes closes des bibliothèques et aux devantures fermées des libraires, j'étais condamné au loisir.

Que devient un chercheur qui ne cherche pas ? Rien, un homme ordinaire. Et mesurer à quel point je pouvais être ordinaire me rendait sombre.

Au reste, le dimanche matin m'apprenait invariablement que j'étais sale, fatigué, qu'une vaisselle noire m'attendait dans l'évier, que la poussière courait le long des plinthes, que mes vêtements sentaient le célibataire... Je n'avais plus qu'à torchonner jusqu'au soir.

Mais ce dimanche-là, l'ombre de Languenhaert m'attendait, comme assise au chevet de mon lit. Trop ravi, je plantai là balais et chiffons et sortis pour songer à l'aise.

Il me fallait marcher.

L'inconnu Languenhaert ne me lâchait déjà plus.

Les quais de la Seine sont propices à la méditation songeuse; harmonieux, ils apaisent l'esprit, larges, ils le libèrent. Je me reprochais maintenant mon enthousiasme facile de la veille : avais-je vraiment fait une découverte? Gaspard Languenhaert avait-il seulement existé? Tout semblait trop étrange : la disparition de ses écrits, l'ignorance de l'Histoire, et surtout, surtout cette absence inexplicable de tout registre d'état civil... Gaspard Languenhaert n'était sans doute qu'une mystification et Fustel des Houillères l'aurait inséré, par malice, dans son ouvrage. L'époque était friande de ces fabulations.

Je regrettais mollement d'avoir abandonné mes tâches ménagères...

Près du Pont-Neuf, je m'arrêtai aux étals des bouquinistes; comme toujours, ils offraient les mêmes ordinaires raretés, mauvais vieux romans destinés à caler une armoire, encyclopédies médicales et techniques dépassées, et, à profusion, almanachs, calendriers, publicités et cartes postales d'un autre temps. Maquillant mon désœuvrement en curiosité, je laissai errer mon regard sur l'amoncellement de livres.

Or, sous le platane du quai des Grands-Augustins, un volume au dos nu, sans indication de titre ni d'auteur, m'attira. Je l'ouvris.

C'était la *Galerie des grands hommes*, gravures d'après peintures, un recueil édité par l'imprimerie Mallin Mallier, Privilège du Roi, 1786.

Je feuilletai.

Sous mes doigts défilèrent les figurations grossières de Racine, Corneille, Boileau, Richelieu, Bergerac, Fontenelle... puis quelque chose arrêta mes yeux. Je revins en arrière; c'était bien cela : au bas d'un verso, en annonce du tableau suivant se détachait l'inscription *Portrait de Gaspard Languenhaert par Vigier, gravure de Malcombe*. Mes yeux bondirent sur la page voisine pour voir le portrait.

Horreur! C'était Diderot peint par Van Loo, dans une reproduction rudimentaire.

Je ne comprenais pas.

Languenhaert m'était enlevé aussitôt que rendu...

Diderot pour Languenhaert? Était-ce la même personne?

Je me penchai plus attentivement. Une feuille manquait. On l'avait arrachée. Un petit ruban de papier, dépassant de la tranche, témoignait que la page recevant la gravure avait bien existé, mais qu'on l'avait découpée. Le portrait de Gaspard Languenhaert avait donc appartenu à ce volume!

La joie l'emporta sur la déception. Mes doutes avaient fondu. Peu importait que le portrait eût été volé, Gaspard Languenhaert, je le savais maintenant, n'était ni un fantôme, ni une plaisanterie; on le connaissait, on l'honorait à la fin de son siècle, il figurait dans la *Galerie des grands hommes*. Je regardai avec tendresse le petit ruban découpé et j'y frottai mon doigt, comme si l'on m'avait rendu Gaspard vivant.

— Cher monsieur, permettez-moi de vous le dire, vous errez. Pis même, vous divaguez!

Je sursautai et me retournai : un grand vieillard maigre me fixait. Ses yeux bleu acier me transperçaient. Son nez évoquait l'aigle. Il ne me parlait pas, mais scrutait mes pensées.

— Que voulez-vous dire?

A ces mots, le grand vieillard s'agita, et cette agitation soudaine devint aussi impressionnante que son immobilité précédente. Dans un envol de bras, il retira ses lunettes, reprit sa respiration et, attachant désespérément son regard aux cieux, soupira :

— Ce volume n'a aucune valeur. C'est un faux.

— Comment, un faux? Qu'est-ce qui est faux dans ce volume?

— Mais tout, monsieur, tout! Copies de

tableaux qui n'existent pas! Mensonge sur le nom des graveurs! Silence sur les véritables auteurs de l'édition! Un gag, monsieur, une farce, une calembourdade!

Il était particulièrement content de son dernier mot.

— Je tenais à dire la vérité à monsieur, car, voyez-vous, ici, c'est un principe, on ne ment pas au client, on ne cherche pas à l'abuser sur la valeur de la marchandise.

Ce n'était donc que le bouquiniste. Où avais-je eu la tête? Le commerçant habile me faisait le coup de la franchise initiale pour mieux m'embobiner ensuite.

— Mais tout n'est pas faux! dis-je bêtement. Les auteurs portraiturés ici ont bel et bien existé.

Je me moquais bien de l'inauthenticité des gravures et des mensonges de l'éditeur, j'avais peur qu'on ne m'enlevât Languenhaert.

Il me regarda, surpris d'abord, puis heureux de tant de sottise : il flairait en moi le pigeon parfait, et me tapota familièrement l'épaule.

— Certes, il ne viendrait à personne l'idée de nier que Racine, Corneille ou Molière eussent réellement existé. Mais je vois que monsieur est amateur de beaux textes, aussi le dirigerais-je plutôt vers ces magnifiques éditions complètes dont...

— Peu importe, dis-je sèchement. C'est ce recueil-là qui m'intéresse.

Arrêté dans son élan, la vieille fripouille posa les volumes qu'il me tendait déjà.

— Ce sera trois cents francs.

— Sûrement pas. Votre album est mutilé : il y manque une page, celle qui m'intéresse, d'ailleurs.

Il m'arracha le livre avec ses mitaines sales et se plongea sur l'endroit défectueux. Il rajusta lentement ses lunettes et prononça avec componction :

— Je ne suis en rien responsable de ce massacre, cher monsieur. Si vous prenez la peine d'examiner attentivement la coupure, vous verrez qu'elle est très nette; ce qui signifie que le forfait a été commis au rasoir, avec une règle, le volume ayant été immobilisé par des poids ou un étau. De plus, donnez-vous la peine de regarder, la coupure est très légèrement jaunie, ce qui signifie qu'elle est ancienne. Peut-être aussi vieille que l'ouvrage?

Il avait raison... aussi vieille que l'ouvrage...

— Vu son état, que vous avez eu raison de me faire remarquer, je vous le cède à deux cents francs.

Je payai et ne le remerciai pas, car je savais que c'était le prix auquel il avait de toute façon prévu de descendre. Dans ma hâte de me retrouver seul, je m'éloignai rapidement, mon trésor mutilé sous le bras.

Ainsi Gaspard Languenhaert avait existé : j'avais contre mes côtes la preuve tangible non seulement de son existence, mais aussi, peut-être, d'une conspiration destinée à l'effacer. Pourquoi s'était-on acharné sur son image? Qui pouvait-il hanter, si longtemps après sa mort? Qui avait voulu faire disparaître toute trace?

Je rentrai.

La nuit me surprit affalé sur mon fauteuil, les bras ballants, toujours à songer à ce destin mystérieux, frappé d'oubli. J'allumai mon lampadaire pour consulter mon volume, et mes yeux passaient continuellement du texte m'annonçant Gaspard Languenhaert au portrait de Diderot qui le jouxtait par erreur, attendant je ne sais quel miracle de ce va-et-vient, comme si mon activité allait faire ressurgir l'image tronquée.

Et soudain je sautai sur mes pieds et m'emparai, parmi les volumes verts, du tome de Diderot rassemblant ses œuvres de jeunesse. Je parcourus fébrilement la *Promenade du sceptique*, et retrouvai le texte que j'avais eu inconsciemment en tête depuis des heures, récit de la rencontre que fit Diderot de bien étranges philosophes :

... Tout à côté de ceux-ci marchent sans règle et sans ordre des champions encore plus singuliers : ce sont des gens dont chacun soutient qu'il est seul au monde. Ils admettent l'existence d'un seul être, mais cet être pensant, c'est eux-mêmes : comme tout ce qui se passe en nous n'est qu'impressions, ils nient qu'il y ait autre chose qu'eux et ces impressions ; ainsi ils sont tout à la fois l'amant et la maîtresse, le père et l'enfant, le lit de fleurs et celui qui le foule. J'en rencontrai ces jours derniers un qui m'assura qu'il était Virgile. « Que vous êtes heureux, lui répondis-je, de vous être immortalisé par la divine *Énéide* ! — Qui ? moi ? dit-il ; je ne suis pas en cela plus heureux que vous. — Quelle idée ! repris-je ; si vous êtes vraiment le poète latin (et autant vaut-il que ce soit vous qu'un autre), vous conviendrez que vous êtes infiniment estimable d'avoir imaginé tant de grandes choses. Quel feu ! quelle harmonie ! quel style ! quelles descriptions ! quel ordre ! — Que parlez-vous d'ordre ? interrompit-il ; il n'y en a pas l'ombre dans l'ouvrage en question : c'est un tissu d'idées qui ne portent sur rien, et si j'avais à m'applaudir des onze ans que j'ai employés à coudre ensemble dix mille vers, ce serait de m'être fait en passant à moi-même quelques compliments assez bons sur mon habileté à assujettir mes concitoyens par des proscriptions, et à m'honorer des noms de père et de défenseur de la patrie, après en avoir été le tyran. » A tout ce galimatias j'ouvris de grands yeux, et cherchai à concilier des idées si disparates. Mon Virgile remarqua que son discours m'embarrassait. « Vous avez peine à m'entendre, continua-t-il ; eh bien, j'étais en même temps Virgile et Auguste, Auguste et Cinna. Mais ce n'est pas tout ; je suis aujourd'hui qui je veux être, et je vais vous démontrer que peut-être je suis vous-même, et que vous n'êtes rien ; soit que je m'élève jusque dans les nues, soit que je descende dans les abîmes, je ne sors point de moi-même, et ce n'est jamais que ma propre pensée que j'aperçois », me disait-il avec emphase, lorsqu'il fut interrompu par une troupe bruyante qui seule cause tout le tumulte qui se fait dans notre allée.

Je ne pouvais plus douter. Comment ne pas reconnaître en cet homme mon Gaspard Languenhaert, et dans le groupe qui le suivait la Secte des Égoïstes ?

Je compulsai les notes en bas de page : en trois siècles de critiques, de commentaires et d'éditions, jamais personne n'avait trouvé à qui Diderot faisait allusion dans ce texte ! On avait, de guerre lasse, tout supposé : que c'était une figure de Malebranche, de Berkeley, ou, plus sérieusement, la caricature de Condillac, car la phrase « soit que je m'élève jusque dans les nues, soit que je descende dans les abîmes, je ne sors point de moi-même, et ce n'est jamais que ma propre pensée que j'aperçois » se trouve aussi au début de l'*Essai sur l'origine des connaissances humaines* que Condillac publia en 1746, un an avant la fantaisie de Diderot. Mais moi, j'étais le seul à le savoir désormais : la source en était bien Languenhaert, car la fameuse sentence de Condillac se trouvait dans l'article de Fustel des Houillères, qui l'attribuait directement à Languenhaert. Condillac comme Diderot ne faisaient que citer mon inconnu.

Diderot me le confirmait donc : la folle aventure de Languenhaert et de sa secte était bel et bien historique.

Alors, pour la première fois, je décidai de me

mettre en vacances de mes recherches. Au diable mes travaux, adieu ma thèse, je voulais en savoir plus, je décidai de me consacrer à Gaspard. Et ce, dès le lendemain matin.

Je dus m'endormir ainsi.

Le lendemain, dès l'ouverture, je déboulai à la Bibliothèque nationale. Jamais on ne m'avait vu si tôt ; gai, heureux, rasé de frais, insolite, je courus aux catalogues avec l'enthousiasme d'un dépucelé de la veille.

Mes habituels voisins, les crânes, me demandèrent anxieusement :

— Auriez-vous achevé votre thèse ?

Avec la bonté condescendante des âmes heureuses, je les tranquillisai :

— C'est elle qui m'achèvera !

Les crânes se secouèrent en riant, non de la plaisanterie, car elle était rituelle, mais de satisfaction.

J'allai même jusqu'à ajouter :

— J'en ai encore pour... un an.

Les crânes se repenchèrent sur leurs grimoires. Douze mois de travail pour boucler une thèse, c'est généralement l'estimation que tout chercheur fait chaque année pendant vingt ans, mes paroles n'avaient donc aucune importance... Qu'on ne croie pas cependant que le milieu érudit soit dénué de pitié ! A l'usage, le chercheur est un animal capable d'attachement, qui se révèle même, parfois, un agréable compagnon... Cependant, ce que le chercheur aime en l'autre, ce ne sont pas

23

ses singularités, mais le partage d'une condition commune : la captivité. Les chercheurs se portent une amitié carcérale où l'on ne hait rien tant que le prisonnier qui va être libéré. Comme je les avais tranquillisés, ils mirent ma joie sur le compte d'un embarras gastrique et l'oublièrent promptement.

Puisque Languenhaert n'était pas un songe, mais un oubli, je devais logiquement trouver des témoignages dans les écrits de ses contemporains ; je me décidai à consulter systématiquement les gazettes, chroniques, périodiques, almanachs et revues littéraires de son temps. Je voulais, pour le moins, retrouver les sources de Fustel des Houillères.

Cet épluchage prit une semaine : j'avais finalement découvert deux documents, d'inégale valeur, d'inégale longueur, mais qui tous deux m'apprenaient beaucoup sur Gaspard Languenhaert, arrachant la réalité de son existence à mes doutes.

Il y avait tout d'abord les anecdotes salonnardes d'un chroniqueur de la vie littéraire, Hubert de Saint-Igny, intelligence superficielle à qui la méchanceté tenait lieu d'esprit, mais que le plaisir de médire avait rendu attentif aux autres. Dans ses « Soirées » de *L'Année littéraire 1723-1724*, il commentait, entre autres, l'arrivée de Gaspard Languenhaert dans les salons de Madame du Devant, avec très peu de philosophie et beaucoup de vinaigre. C'était drôle, c'était bête, et merveilleusement écrit.

Le second texte, le plus long, le plus intéressant, exposait dans un volume intitulé *Philosophies de France et d'Angleterre* les principales doctrines de l'époque. L'auteur, Guillaume Amfrye de Grécourt, avait inséré un chapitre « L'égoïsme, ou la philosophie de Monsieur de Languenhaert », où il développait sous la forme d'un dialogue entre Cléanthe (l'interlocuteur) et Automonophile (Languenhaert) les principales thèses égoïstes. Visiblement, telle était la source de Fustel des Houillères.

Hubert de Saint-Igny, familier du salon de Madame du Devant, relatait ainsi ces premiers mois parisiens :

Un philosophe nous arriva de Hollande. Il fut admis sur sa bonne mine, car il était fort beau ; et dans le temps que sa figure lui gagnait le cœur des femmes, son respectueux silence lui acquérait l'estime des hommes. On se moquait qu'il écrivît — que faire d'autre lorsqu'on a vingt ans, cinquante mille livres de rentes, plus de parents et un pays en paix ? —, on lui prêtait moins d'intelligence que de conquêtes et cela lui aurait pu suffire à lui assurer une fort belle carrière de gentilhomme.

Il n'avait donc rien dit depuis des mois, sinon les politesses et banalités d'usage, ce dont tout le monde se trouvait fort bien, et voilà qu'il se planta au milieu du salon pour, brisant le silence, répéter haut et clair : ·

— Je n'ai point de corps. Mon corps est immatériel.

La compagnie fut consternée. Les dames le regardèrent intensément, comme pour mesurer l'étendue de l'inconséquence qu'il avait lâchée ; les unes pouffèrent, les autres rougirent, car, si elles n'en croyaient pas leurs oreilles, elles avaient du moins toujours plaisir à en croire leurs yeux.

Monsieur de Languenhaert avait l'air tellement pénétré de ses découvertes qu'au lieu de poursuivre, il restait là, immobile, solitaire. Le baron Schwartz lui prit le bras, et lui souffla avec bonhomie :

— Pourtant, jeune homme, croyez-moi, ces dames s'accordent toutes pour vous reconnaître un corps, et même, pas si vilain, si j'en crois la rumeur.

Les représentantes du beau sexe protes-
tèrent, pour la forme.

— Vous me flattez, Monsieur, dit le jeune
homme en s'inclinant, mais croyez bien que
rien ne pourra m'ôter de la tête ce que j'ai profondément pensé.

Madame du Devant s'approcha pour mettre
le jeune homme en valeur.

— Alors, éclairez-nous, mon ami, éclairez-
nous ces profondeurs qui nous sont acces-
sibles. Pourquoi donc tenez-vous que votre
corps est immatériel ? Seriez-vous comme ces
spectres que fait apparaître la baronne de
Saint-Gélis au-dessus de ses guéridons ?

— Point du tout, Madame, ce n'est point
folie, ni supercherie, mais bien un résultat
philosophique auquel m'a conduit la méditation.

Et il s'ensuivit tout un galimatias où il était
démontré par A et B que la nature n'existait
que dans la tête de notre philosophe, que
sons, parfums, matières, couleurs et goûts
n'étaient qu'en son esprit, que nous-mêmes
n'existions que sous ce même crâne. J'en
conclus que, s'il fallait l'en croire, il était normal que tant de choses réunies dans un si
petit espace l'eussent effectivement rendu fou.

Tous les esprits superficiels, amateurs de
profondeurs obscures, applaudirent à tout
rompre. Les imbéciles aussi, car ils n'avaient
rien compris, manière dont se manifestait
ordinairement à eux l'intelligence. Quant aux
sages, ils se turent, car on ne discute pas de ce
qui n'a pas été prononcé par amour de la
vérité, mais par désir de contredire. Deux
jours plus tard, on ne se souciait plus de ce
qu'avait dit le jeune homme, mais on avait
retenu qu'il l'avait assez bien dit. Il passa
désormais pour un esprit brillant, c'est-à-dire

qu'il eut le droit de dire n'importe quoi sans conséquences.

Hubert de Saint-Igny, plus occupé à médire qu'à comprendre, n'avait évidemment pas livré le raisonnement de Gaspard. Mais je le trouvai consigné par Guillaume Amfrye de Grécourt au début de son dialogue pédagogique :

CLÉANTHE

On fait grand bruit de votre thèse. Vous auriez, paraît-il, soutenu que vous n'aviez pas de corps. Mais cela, rassurez-moi, avec quoi l'avez-vous dit ? Avec votre bouche ?

AUTOMONOPHILE

Si l'entretien prend cette tournure, je préfère y renoncer de suite.

CLÉANTHE

Pardonnez-moi, je n'ai pu résister au mot.

AUTOMONOPHILE

Il faudrait, pour que vous m'entendiez bien, que je vous expose auparavant ma théorie sur la matière, car tout s'ensuit.

CLÉANTHE

Que dites-vous donc de la matière ?

AUTOMONOPHILE

Que la matière n'existe pas.

CLÉANTHE

Quoi ? Prétendez-vous vous en tirer par une absurdité pareille ?

Dites-moi, quand êtes-vous en droit de dire qu'une chose est ?

CLÉANTHE

Quand je la perçois.

AUTOMONOPHILE

C'est bien ce que je voulais vous faire accorder. Ce qui est, c'est ce que je vois, je touche ou j'entends, ou ce que je me souviens d'avoir vu, touché, entendu, mais rien d'autre. Ce que nous appelons le monde est la somme de nos sensations. Nous ne connaissons pas le monde lui-même, en lui-même, nous avons chacun un monde senti.

CLÉANTHE

Voudriez-vous dire que personne ne sent le même monde ? Que chacun a un monde différent ?

AUTOMONOPHILE

Exactement. Voyons-nous identiquement ? Sentons-nous identiquement ? Tel a la langue goûteuse, tel un nez particulièrement savoureux, tel une sensibilité exquise au bout des doigts, et tel entendrait une mouche éternuer.

CLÉANTHE

Cela est vrai.

AUTOMONOPHILE

Il y a donc autant de mondes que de particuliers.

J'en conviens.

C'est donc le langage qui est cause que, par commodité, nous parlons d'*un* monde quand il y en a *plusieurs*. La disette des termes, nécessaire à la communication, nous incline à prendre le mot pour la chose.

Si je vous suis bien, à cause du langage, nous croyons qu'il n'y a qu'un monde alors qu'il y en a des milliers.

Oui. Car le monde n'est que dans nos têtes.

Je vous suis bien.

Dès lors, vous pouvez conclure avec moi que la matière n'existe pas puisque tout est dans nos esprits. Rien n'est matériel, tout est spirituel de par soi. La nature n'est que la prose de mes sensations. Appelez sensible ce que l'on appelle matériel, vous gardez la réalité et vous gagnez la cohérence. Je ne nie pas qu'il y ait des corps étendus, des odeurs, des couleurs, des saveurs, je ne nie pas qu'il y ait le rugueux, le lisse, le salé, je refuse simplement l'hypothèse d'une matière, cette sorte d'arrière-monde indépendant des qualités perçues. En vérité, le monde n'est que le sensible, on n'en peut point sortir.

A lire cette démonstration — qui n'était pas sans rappeler les trois *Dialogues* de Berkeley —, je me rendis compte que Gaspard Languenhaert n'avait pas été qu'un philosophe d'estrade, mais qu'il avait mis une réelle teneur spéculative dans ses démonstrations. Au sujet du corps immatériel, Hubert de Saint-Igny, qui prenait les choses à son niveau, c'est-à-dire fort bas, livrait deux anecdotes révélatrices :

A quelque temps de là, il reproduisit sa théorie dans le salon de la comtesse d'Évremont, provoquant l'agacement du Président Carrière qui l'avait déjà entendue chez Madame du Devant. Le Président, peu flatté par la nature quant au physique, mais non dépourvu pour autant de l'ambition de séduire, menait un commerce amoureux largement au-dessus de ses moyens et n'avait jamais vu sans désagrément l'arrivée d'un jeune homme dans une société où il se trouvait, car le fat, bien qu'il eût l'âge de son père, et l'apparence de son grand-père, croyait y reconnaître immédiatement un rival. Aussi n'avait-il jamais regardé d'un bon œil Monsieur de Languenhaert et le prit-il définitivement en grippe quand celui-ci s'avisa de faire de l'esprit, car de conversation, il faut le dire, le Président en avait encore moins que de charmes. Il se retourna donc sur le philosophe, et lui corna à l'oreille :

— Quoi, Monsieur, qu'apprends-je? A vous entendre, il paraîtrait que vous n'ayez point de corps matériel?

— C'est cela même, Monsieur, vous m'avez bien compris.

— Fort bien. Et moi-même, selon vous, suis-je doté d'un corps matériel ou immatériel ?

— Immatériel, bien sûr. En toute logique, pas plus que moi vous n'êtes matériel.

Cet appel à la logique acheva d'exaspérer le Président. Il sembla se ressaisir néanmoins, et, après avoir glissé un regard complice à l'assistance, il reprit la conversation avec un sourire mauvais, tel le chasseur qui s'amuse à donner un répit à la bête qu'il abattra de toute façon :

— Ainsi, je suis immatériel... Et la raison, s'il vous plaît ?

— C'est ce que je disais précédemment, cher Monsieur, tout n'est qu'image, il n'y a rien derrière l'image. Ce qu'on croit matière est en fait sensation.

— Bien sûr, bien sûr, reprit, matois, le Président. Et aucun argument philosophique ne vous a jamais arraché à cette certitude ?

— Aucun, jamais.

— Alors, permettez-moi, de philosophe à philosophe, je vous propose celui-ci...

Et le Président lui décocha un coup de pied magistral. Le philosophe cria. L'assemblée, au mépris de toute bienséance, éclata de rire, ravie du tour que le bon sens jouait ici à la métaphysique.

Monsieur de Languenhaert, l'air profondément las et ennuyé, tout en se frottant la zone argumentative, ne semblait pas autrement affecté par la démonstration. Le Président revint à la charge :

— Mon argument a-t-il été à la hauteur ? Fut-il assez puissant pour vous ébranler ?

— Nullement. Il est de très mauvaise philosophie, Monsieur, et même de la plus grossière.

— Fort bien, je le ferai savoir à mon cordonnier. Serviteur, Monsieur.

Le Président Carrière, trop heureux de son succès auprès de l'assemblée, rechercha désormais les soirées où devait se produire le philosophe, afin de, très affablement, se mettre à sa disposition pour spéculer ensemble et lui réitérer son argument.

Mais l'histoire ne finit pas là. On raconte que la comtesse de Vignolles, réputée pour l'ampleur de ses charmes, la finesse de sa taille et la minceur de ses principes, se proposa, au su de cet entretien, de convaincre tout autrement le jeune philosophe qu'il avait bien un corps, et ce par une de ces démonstrations hautement virtuoses dont elle était coutumière, et où, dit-on, elle avait peu d'égales. Elle l'aborda, le repoussa, le fit espérer, puis languir, sourit, bouda, si bien qu'après quelques jours de ce train-là, le philosophe se rendit, sans réfléchir, à la séance de philosophie où elle le convia dans son boudoir.

La démonstration se fit, se refit, même, et se refit encore. Loin d'éprouver des résistances à ses thèses, elle trouva chez celui qu'elle aurait pu croire son adversaire un soutien tellement extraordinaire, des bases d'une solidité et d'une force telles qu'elle en fut même toute retournée.

Timide, tremblante, elle demanda à son amant comment, sans corps, il pouvait tant troubler le sien, et comment, sans matière, il enflammait ainsi la sienne. Il lui expliqua brièvement que tout n'était que sensations, ce à quoi elle voulut bien se rendre, et la gagna ainsi à sa philosophie. Dès lors, l'on vit la plus grande coquette de Paris se déclarer immatérialiste, tache que sa réputation aurait pu s'éviter; on haussa les épaules et l'on murmura que la comtesse avait désormais la tête — aussi — ébouillantée.

Tels furent, semble-t-il, les acquis théoriques de la première année parisienne. Car si l'on suit la chronique de Saint-Igny, on remarque que les premières thèses de Gaspard Languenhaert portaient principalement sur la perception. Ce n'est que dans sa deuxième année parisienne que, poussant plus loin la réflexion, il théorisa définitivement l'égoïsme philosophique : « Je suis moi-même l'auteur du monde. »

CLÉANTHE

Mais si les sensations ne sont pas l'empreinte d'objets extérieurs, que sont-elles dès lors ? Quelle est leur origine ?

AUTOMONOPHILE

Moi.

CLÉANTHE

Comment ?

AUTOMONOPHILE

Si, si, vous n'en croyez pas vos oreilles, mais vous m'avez bien entendu. Je suis moi-même l'origine de mes sensations.

CLÉANTHE

Vous ? L'auteur du monde ?

AUTOMONOPHILE

Moi-même. Ce monde, fait de couleurs, d'objets, d'odeurs, c'est moi qui en suis le créateur.

CLÉANTHE

Mon ami, adieu. L'entretien n'a duré que
trop longtemps. Comment pouvez-vous dire
que c'est votre esprit qui produit lui-même,
pour lui-même, ses sensations?

AUTOMONOPHILE

Quand vous rêvez, n'êtes-vous pas l'auteur
de votre rêve? Lorsque vous vous voyez en
train de voguer sur la mer, cap sur les Amé-
riques, les vagues sont-elles autre chose que le
produit de votre imagination?

CLÉANTHE

Naturellement, puisqu'il s'agit d'un rêve.

AUTOMONOPHILE

Qui vous l'apprend?

CLÉANTHE

Le réveil.

AUTOMONOPHILE

Et si vous alliez vous réveiller de la vie?

CLÉANTHE

Allons!...

AUTOMONOPHILE

Qui vous assure qu'en ce moment, vous ne
rêvez pas?

Vous me troublez...

AUTOMONOPHILE

Puisque vous m'avez accordé que la matière n'existe pas, l'origine des sensations ne peut être que dans l'esprit. Quand nous rêvons, quand nous imaginons, ne sommes-nous pas les démiurges de nouvelles réalités? Il s'agit ici de création consciente. Eh bien, la plupart du temps, nous créons inconsciemment!

Ainsi Gaspard Languenhaert, à rebours de toute la tradition philosophique de l'époque, allait jusqu'à émettre l'hypothèse d'un inconscient, et qui plus est d'un inconscient fondateur. Pour éclaircir ce point, je découvris une anecdote dans les commérages de Saint-Igny :

Lors du dernier bal masqué que donna la baronne de Saint-Gélis, Cupidon fut à la fête, car, à l'abri des loups, des dominos et de l'obscurité complice des jardins, les cœurs osent dire leurs vérités, et le masque du carnaval permet souvent de tomber celui de l'honnêteté ou de l'hypocrisie. On ne connut pas toutes les amours qu'abrita, ce soir-là, Séléné, mais on connut bien vite — et c'est heureux — le bon tour qui fut joué à notre philosophe du moment, Monsieur de Languenhaert.

Plusieurs personnes de qualité, agacées par les bavardages extravagants du jeune homme, tinrent à lui prouver qu'il n'était pas l'auteur du monde, mais que celui-ci, bien au contraire, pouvait parfois lui jouer de pendables tours. On demanda au baronnet d'Entrèves, dont les dix-sept ans pleins d'ardeur se prêtaient à toutes les plaisanteries, de prendre le costume que devait porter la comtesse Corona, amante en titre du philosophe. Il devait jouer le rôle de la maîtresse et se découvrir une fois que celui-ci s'y serait bien trompé.

Au cours du bal, la fausse comtesse (vrai baronnet) s'approcha du philosophe pour lui donner un rendez-vous, à onze heures sonnantes, au fond du parc, sous des charmilles complices. A l'heure dite, le jeune homme s'y trouvait sous son déguisement, mais à peine eut-il le temps d'entamer son rôle que le philosophe, que l'on savait, par les indiscrétions des femmes et par la nécessité de sa doctrine, peu préoccupé des galanteries préliminaires, se jetait sur lui et le faisait rouler dans les bosquets.

Le baronnet trouva la force d'arracher son masque et lui cria, se dégageant de son étreinte :

— Regarde, philosophe, la femme que tu aimes. Est-ce bien ce que tu as voulu, ô toi qui veux tout ?

Déconcerté, dégrafé, le philosophe resta muet quelques instants puis, regardant la bouche fraîche du baronnet, ses yeux rieurs, et ses longs cheveux noirs, il lui saisit tendrement les deux mains.

— Sans doute est-ce toi que je désire, dit-il, et je t'ai désiré sans le savoir. Je me l'apprends par cette aventure.

Et il reprit avec le vrai baronnet ce qu'il avait commencé avec la fausse comtesse. L'attrapeur fut bien attrapé, mais il ne s'en plaignit pas, car il était dévergondé au-delà de toute décence, et ce n'est pas pour rien qu'il avait accepté une telle mascarade. La lune ce soir-là dut souffrir les ébats de Jupiter et Ganymède. L'entretien roula, paraît-il, sur la mythologie, et Monsieur de Languenhaert fit preuve, dit-on, d'autant d'esprit, de science et de curiosité que d'Entrèves, dont pourtant les études étaient déjà fort avancées; enfin tous deux se quittèrent, charmés par la conversation, se promettant de réviser à l'occasion leur érudition latine.

Au grand dépit des rieurs, ce fut Monsieur de Languenhaert lui-même qui révéla l'affaire à sa maîtresse, se déclarant ravi de s'être ménagé une telle surprise. Une fois de plus, les persifleurs en furent partiellement pour leurs frais, car rien, décidément, jamais, n'entamait le système du philosophe égoïste.

L'anecdote est éclairante. Ainsi, lorsque Gaspard apprenait quelque chose du monde, il croyait toujours apprendre quelque chose de lui-même. L'inconnu en chaque affaire venait de lui, jamais de l'extérieur, puisque d'extérieur, il n'y en avait pas. Un véritable système de défense spéculative, une cuirasse conceptuelle, lui permettait ainsi de rendre compte du moindre fait, de renverser la plus forte objection.

CLÉANTHE

Mais si ce monde est un monde selon vos désirs, comment expliquez-vous l'existence de la douleur? J'y vois un argument qui met à bas votre système.

AUTOMONOPHILE

La douleur? Vous touchez là à une petite invention dont je suis assez fier et dont je ne cesse de me complimenter. La douleur est tout simplement une question que je me pose à moi-même pour mesurer la force de mon désir : si la souffrance m'arrête, c'est que je ne tiens guère, au fond, à la chose convoitée; mais si elle se révèle de peu d'obstacle, c'est que mon désir est fort, qu'il est profond. La douleur est en quelque sorte le baromètre de mes envies. Ingénieux, ne trouvez-vous pas?

CLÉANTHE

Certes. Même si j'ai peur que l'ingéniosité passe la vérité.

Le dialogue finissait là. Je ne trouvai rien de plus chez Saint-Igny, sinon des anecdotes qui illustraient l'incompréhension que provoquait le philosophe dans la société du temps.

Madame du Devant, enragée d'une partie de tric-trac qu'elle était en train de gagner, vit le philosophe sommeiller sur une banquette. Elle lui lança, faussement inquiète :

— Ne vous endormez pas avant que j'aie fini mon jeu : vous nous feriez tout disparaître !

Il rit aussi.

Sa folie, de conséquente, devint paradoxale. Alors qu'il se croyait seul au monde, il se montrait dans le même temps avide de discussion, ne se froissait jamais de la moindre critique; il semblait même qu'il recherchât la contradiction, l'accueillant avec une sorte de joie curieuse. Lorsqu'on lui servait un argument puissant qui semblait ruiner son système, il en riait même de plaisir, et allait répétant :

— Vraiment, je n'y avais jamais songé auparavant !...

Il répondait rarement sur-le-champ aux objections. Il était coutumier qu'ayant laissé son interlocuteur sans réponse, il le saisît par le bras une semaine plus tard, négligeant tout préambule, pour reprendre la conversation là où il l'avait abandonnée.

Comme Madame du Devant s'étonnait de ce comportement lunatique et lui en demandait raison, il répondit qu'il n'avait pas à témoigner de grâces particulières à ses interlocuteurs car, en s'entretenant avec eux, c'était en fait avec lui-même qu'il conversait.

— Quoi ? s'étonna Madame du Devant, vous vous croyez toujours l'auteur du monde quand je vous contredis ? Pourquoi vous mêlez-vous alors de me répondre ?

— Mais, chère Madame, c'est à moi-même que je parle en ce moment. J'ai inventé votre salon parce que j'y travaille mieux que dans mon cabinet, où j'ai tendance à sommeiller, surtout au moment de la digestion. Ici, l'agitation, la variété des visages et des discours font que ces séances me sont beaucoup plus profitables.

Progressivement, semble-t-il, la société se fit moins accueillante. L'époque acceptait bien qu'on dît n'importe quoi — c'est la définition même du salon littéraire — mais plus difficilement que l'on se comportât n'importe comment. Au demeurant, la curiosité s'essoufflait.

Pour le reste, Saint-Igny ne m'apprit plus grand-chose sur Gaspard, sinon la rapide chute de son crédit : après l'avoir reçu, on le toléra, puis il finit par se retirer de lui-même. La vie parisienne de Gaspard avait été un échec. Il disparut des mémoires salonniers.

Mes trouvailles de la première semaine s'arrêtèrent là.

J'occupai le dimanche à écrire à toutes les grandes bibliothèques d'Europe : Londres, Rome, Milan, Pise, Munich, Berlin, Madrid, Budapest,

Moscou, Leningrad... J'envoyai un petit mot à toutes les revues philosophiques ou historiques, ainsi qu'aux sociétes savantes, pour obtenir des renseignements sur Gaspard Languenhaert.

Le dimanche soir, avant de m'endormir, je constatai avec lassitude que mon appartement était gris de poussière, et que mon téléphone, faute de paiement, avait été coupé. Peu importe, pensai-je avant de m'endormir, personne ne m'appelle plus depuis longtemps...

Deux mois étaient passés. Les jours grisaillaient, mon humeur noircissait. Je cherchais sans trouver. Chaque jour, je croyais toucher l'hypothèse brillante qui mènerait mon enquête à une solution, et chaque jour finissait sur un échec, le même échec. J'en venais à haïr les lieux, cette salle de travail, cette cave à fichiers, la cantine et sa fumée bruyante.

Mon appartement devenait de plus en plus sale. Madame Rosa — était-ce bien ce nom? —, ou du moins la grosse femme qui venait de temps en temps faire les vitres, ramasser les vêtements et secouer les tapis, ne montait plus. Était-elle repartie dans son pays — le Portugal, l'Espagne? — ou s'était-elle découragée? Quand je finis par m'en rendre compte, je ne la remplaçai pas, ni par moi ni par une autre; je décidai de ne plus faire attention à ce que certains auraient appelé du désordre. De toute façon, qui d'autre que moi entrait chez moi?

Mon volumineux courrier n'avait apporté aucune réponse. Des particuliers et sociétés savantes, rien n'était venu; seules les bibliothèques s'étaient donné la peine de m'écrire, mais toujours pour m'annoncer qu'elles ne possédaient pas l'*Essai d'une métaphysique nouvelle* de Gaspard Languenhaert.

Il fallut le hasard, encore une fois...

Un après-midi où j'étais sur le point de m'assoupir à cause d'un bœuf bourguignon dont j'avais abusé, j'aperçus, d'entre mes paupières lourdes, un crâne feuilletant un volume où je crus lire le mot « Égoïste ». Je doutai longtemps d'avoir bien vu mais, lorsque le crâne se leva, abandonnant son livre ouvert, je pus me pencher et vérifier : je distinguai nettement « L'École Égoïste ».

Me moquant totalement des conséquences, je pris le livre et m'enfuis.

Je m'assis au détour d'une galerie, dans un coin sombre et obscur, pour le lire.

Il s'agissait des *Mémoires d'un honnête homme*, de Jean-Baptiste Néré, publiés en 1836, dont la table des matières comprenait un chapitre intitulé « L'École Égoïste ». Je tressaillis, fermai les yeux, et les rouvris, mais le livre était toujours là, avec les mêmes indications...

Ces Mémoires d'un homme du XVIIIe siècle avaient été publiés au XIXe siècle par un certain Henri Raignier-Lalou, historien, s'il faut l'en croire.

Quand je lus les *Mémoires d'un honnête homme*, je découvris tout autre chose qu'un traité philosophique. Jean-Baptiste Néré dirigeait un théâtre à Montmartre, Les Champs-Élyséens, et ses chroniques relataient vingt ans d'aventures dans le spectacle. Il monta de nombreuses tragédies en vers, mais cette activité culturelle n'était qu'une couverture dissimulant un tout autre commerce : en place de tragédies, il présentait bien plus souvent sur son auguste scène des cochonnades bien salées. En effet, pour une *Mort de Sénèque* ou une *Tragédie d'Alexandre*, combien de *Triomphe d'Aphrodite*, de *Voyage à Cythère*, de *Mars et Vénus*, de *Mystères d'Adonis* et de *Fantaisies d'Aspasie* ?

Sans parler d'un *David et Jonathas* qui n'avait sans doute rien de biblique, et de *Songes de Corydon* repris dix ans de suite pour cause de succès... Et que penser des acteurs qui furent les vedettes des Champs-Élyséens, Mademoiselle Trompette, Mademoiselle Suzon, Monsieur Ardimédon, dont les noms n'évoquent pas précisément des transfuges de la Comédie-Française ? Que conclure encore quand on apprend, au détour d'un paragraphe, que la surnommée demoiselle Trompette, « quoique incapable de déclamer correctement et de saisir le dramatique d'une situation », enchanta néanmoins son public par « la générosité de ses charmes, sa souplesse acrobatique et le feu de son tempérament » ? Aucun doute, assurément, Jean-Baptiste Néré était l'entrepreneur des spectacles érotiques du Paris d'alors, et son théâtre, celui de la débauche.

Cela dit, Néré parlait de Gaspard, et cela seul m'importait. Je constatai avec surprise que, malgré sa légèreté, ce chapitre était plus soigné que les autres, écrit d'une plume alerte et précise. J'appris donc enfin ce que furent l'École Égoïste et l'enseignement de Gaspard.

Printemps 1732 — L'École Égoïste

En ce temps de disette intellectuelle, on se précipitait avidement sur toute nourriture qui se présentait, dût-elle se révéler indigente. Jamais il n'y eut à Paris autant de mets surfaits, et partout proliféraient de ces petits maîtres qui vous ouvrent l'appétit la première fois et vous laissent sur votre faim dès la deuxième ; à la troisième, on se jure qu'on n'en reprendra plus, mais trop tard, l'habitude s'est installée : on aimait le faisan, on s'abonne au poulet.

Un de ces étranges oiseaux vint me trouver un

jour. Une physionomie propre à séduire le Sexe, une mise correcte, un équipage somptueux, mais l'attitude pleine de morgue et d'indifférence; on eût dit qu'il était partout chez lui. Il me proposait de me louer Les Champs-Élyséens une fois la semaine, afin d'y monter une « École Égoïste ». J'avoue que, dans mon agacement, je ne vis pas bien ce qu'il entendait par là, et, soupçonneux envers les sectateurs et les enragés de tout poil, je lui demandai s'il n'y avait rien là d'étranger aux bonnes mœurs ou d'irrévérencieux envers la religion, non que j'en fisse une affaire personnelle, mais pour me prévenir contre d'inutiles ennuis. Pour toute réponse, il rit très fort, posa une bourse pleine d'or sur ma table, et sortit en me demandant d'y réfléchir quelques jours.

J'allais lui rendre son argent quand ma bonne Suzon me fit remarquer que, s'il manquait de manières, il n'était pas à court d'arguments. Au reste, les travaux de la toiture, faute d'argent, étaient loin d'être achevés, et les malheureuses *Folies d'Agrippine*, à cause des allusions qu'on avait voulu y voir à la Cour, risquaient de perdre leur autorisation.

Je me renseignai donc sur ce Monsieur de Languenhaert. Je recueillis les bruits les plus divers. Le moins que l'on puisse dire est que le bonhomme, quoique universellement connu des salons littéraires, n'y faisait pas l'unanimité : génie, fou, philosophe original, original philosophe, imposteur, ambitieux, Érostrate moderne prêt à brûler tous les temples du bon sens pour attirer l'attention sur lui par ses paradoxes, ou bien Platon réincarné, fondateur de la doctrine à laquelle tout un chacun se rallierait dans les siècles à venir. Selon mes interlocuteurs, il était promis à Versailles, à l'Académie ou bien aux Petites Maisons. De tout cela se dégageait cependant cette idée commune qu'il soutenait une philosophie égoïste selon laquelle lui seul existait, et que le monde, vous, moi, Paris et toute la France, n'étions que des créations de son imagination. Je compris mieux son attitude hautaine et demandai s'il était solvable; on me répondit qu'il était riche à éclater, car ses parents, de gros commerçants de La Haye, avaient heureusement pris la peine de croire pour lui à la réalité des choses; on m'apprit même que, sur la place de Paris, une vingtaine de fournisseurs, tapissiers, bijoutiers, tailleurs, en avaient fait une rente confortable, car il suffisait qu'un artisan se présentât avec une marchandise pour que l'extravagant crût que c'était son désir qui le faisait apparaître et l'achetât. A ce rythme-là d'ailleurs, selon les esprits les plus sombres, il promettait d'être tondu en quelques mois.

J'acceptai donc. Je proposai l'affaire pour une somme grassouillette, qui ne fut pas même discutée. Nous ouvrîmes donc l'École Égoïste de Paris, et il fut convenu que je n'avais pas besoin de croire à ce qu'on y disait mais que je me contenterais d'assurer l'intendance. Le sens de mon intérêt m'a toujours gardé des vertiges de l'intelligence.

Je ne sais comment le philosophe battit le rappel — je crois qu'il avait publié un livre à cette occasion —, mais à la réunion préparatoire se pressa une foule importante. Les curieux se mêlaient aux moqueurs, mais Monsieur de Languenhaert, après un entretien avec tous les intéressés, parvint à trier une vingtaine de convaincus qu'il inscrivit sur le registre de ses conférences hebdomadaires. Au nom de la science, il demanda aux autres de disparaître et sembla sombrer dans le sommeil pendant que la salle se vidait. J'avoue que j'étais un peu déçu par ces sévères restrictions, et ma bonne Suzon craignit que nous n'y trouvions pas notre compte pour les rafraîchissements. Monsieur de Languenhaert, sans donner l'impression de se réveiller vraiment, sortit encore une bourse. C'était, somme toute, un fou fort agréable.

★

La première séance eut lieu le 28 mars. Je dois reconnaître que Monsieur de Languenhaert, pour un noble de naissance, et fortuné de surcroît, n'avait guère les préjugés de son rang, car la troupe de ses recrues se montrait fort mêlée ; on y pouvait voir, en effet, à côté d'un grand seigneur hautain et d'un marquis sénile, un horloger, un boulanger cocu, un professeur de grec à l'oratoire Saint-Joseph, et quelques autres figures d'originaux que je ne me rappelle plus. Tous arrivèrent en avance et se congratulèrent aimablement, sans doute ravis de trouver des compères qui fussent de leur avis, même si, au fond, comme j'en fis la réflexion à ma bonne Suzon, cet avis n'était justement pas de ceux qui se partagent.

Après ce concert de mines réjouies, Monsieur de Languenhaert monta à la tribune, et son visage brillait d'une joie que je ne lui avais jamais vue — j'appris par la suite que cet homme-là était tout simplement heureux de penser.

— Quel bonheur, mes amis, de nous voir réunis ici, ensemble avec pour ambition unique la recherche de la vérité. Je déclare donc ouverte l'École Égoïste de Paris.

La petite classe applaudit à tout rompre, et l'on s'entr'adressa de petits saluts pleins de plaisir.

Monsieur de Languenhaert reprit avec exaltation :

— Soit cette proposition de base : *Je suis à moi seul le monde, toute la réalité et son origine même*, comment la poser en raison ? Je propose de commencer par l'asseoir sur une théorie de la sensation. Car d'où nous viennent nos idées ? Il est indéniable...

Le boulanger cocu l'interrompit :

— Je ne vois pas de quel droit vous prenez ici la parole et occupez l'estrade. Cessez donc de jouer les grands docteurs puisqu'en vérité c'est moi, et moi seul, l'origine de tout, c'est moi qui suis le monde. Disparaissez, descendez de votre perchoir, je m'en vais vous l'expliquer.

Monsieur de Languenhaert le regarda longuement dans les yeux, puis murmura dans un sourire :

— Allons, allons, c'est tellement plus commode ainsi.

Cet homme devait receler je ne sais quel pouvoir, car le boulanger revint sagement à sa place.

— La théorie de la sensation, donc, est seule à même de fonder rationnellement...

— Je vous prie de me pardonner cette interruption, dit le grand seigneur hautain, mais je ne vois pas pourquoi vous laissez ce ridicule sac à farine prétendre qu'il est l'origine de tout, puisque c'est moi l'auteur du monde, nous en étions d'ailleurs convenus fort courtoisement la semaine dernière. Je ne peux laisser proférer de telles erreurs.

— Ah! pardon, c'est moi, dit l'horloger.

— Mais non, c'est moi, dit le professeur de grec.

— Mais puisque c'est moi, reprit le boulanger.

— C'est moi.

— C'est moi.

— C'est moi.

Les vingt s'étaient levés, et hurlaient, et gesticulaient tour à tour. Monsieur de Languenhaert, spectateur étonné, sembla être la proie subite d'une puissante migraine et prit sa tête entre ses mains.

Les autres vociféraient toujours; le boulanger se mit à frapper son voisin, le professeur de grec assomma le sien avec un dictionnaire, le grand seigneur sautant, bondissant, décochait çà et là, une fois à droite, une fois à gauche, des coups

47

d'escarpin mal placés; en quelques instants, cris, plumes, soufflets, bâtons, projectiles de tous ordres, bancs renversés, rideaux arrachés, le pugilat était à son comble.

Suzon et moi, nous courûmes au puits de la cour et arrosâmes l'agrégat philosophique de plusieurs seaux d'eau glacée. Je leur ordonnai de s'asseoir de nouveau. Monsieur de Languenhaert sortit de sa torpeur, considéra avec effroi son assistance trempée, et annonça sèchement qu'il leur expliquerait la raison de ce désordre à la séance prochaine. Chacun pensa que, la semaine suivante, on reconnaîtrait enfin publiquement sa suprématie; ils se quittèrent presque contents.

Monsieur de Languenhaert me laissa une bourse pour les dégâts. Il semblait souffrir au plus profond de lui-même.

★

A la deuxième séance, chacun arriva fort tôt ma foi, en arborant l'air malicieux et profond de celui qui réserve une surprise à ses compagnons; ils se saluèrent ironiquement du bout des lèvres et attendirent l'orateur avec une patience feinte.

Monsieur de Languenhaert rappela les fâcheux événements de la séance précédente et se proposa d'en donner la raison.

Mais à peine ouvrait-il la bouche que, sous l'effet de je ne sais quelle fatalité, mon superbe lustre de soixante bougies, qu'on m'avait accroché la veille, tomba avec fracas au sol. Il s'écrasa entre l'estrade et les premiers rangs, et mes soixante bougies, heureusement éteintes, roulèrent un peu partout sous les pieds et les bancs.

Le théâtre tout entier en résonna pendant de longs instants.

Un silence de mort suivit la catastrophe.

Puis une voix glaciale déchira le silence :

— Qui a fait cela?

Le silence se fit plus lourd encore.

Une autre voix reprit :

— Quelqu'un veut empêcher la vérité de voir le jour.

Une autre encore :

— C'est une cabale.

— Une imposture.

— Une conspiration.

Et tout d'un coup, ils se levèrent et se mirent à crier, qui accusant, qui dénonçant injures, vitupérations, menaces, car chacun de ces excités s'était persuadé qu'on empêchait la proclamation définitive de sa toute-puissance. Cinq minutes plus tard, ils en étaient aux mains, et dix minutes plus tard, ils se trouvaient tous trempés car ma Suzon et moi acquérions une certaine adresse au lancer du seau d'eau.

Nous les fîmes rasseoir de force, et Monsieur de Languenhaert, secouant la tête comme un homme qui se réveille d'un cauchemar, eut besoin de beaucoup d'empire sur soi-même pour leur donner rendez-vous à la semaine suivante, leur promettant la lumière sur cette affaire. Ils partirent furieux. Notre philosophe tira mélancoliquement deux bourses de sa poche pour le lustre, et Suzon et moi convînmes que décidément cet homme méritait mieux que ce qui lui arrivait.

★

La troisième séance s'ouvrit dans la plus grande froideur. Ils arrivèrent un à un, en silence et comme à contrecœur, s'observant sournoisement et négligeant de se saluer. Je soupçonnai certains d'avoir caché des armes sous leur manteau ; Suzon m'avoua à voix basse qu'elle préférerait désormais diriger un tripot de contrebandiers plutôt qu'une assemblée de philosophes.

Monsieur de Languenhaert semblait très calme.

— Mes chers amis, tous les différends qui nous divisèrent lors des séances précédentes étaient, somme toute, fort prévisibles, et fort compréhensibles. Car nous sommes tous les victimes d'une même erreur : la confusion qu'apporte le langage à la pensée. Car le langage nous trompe. Il faut le reconnaître, messieurs, notre langue n'est pas philosophique.

» Si je dis en effet : *Chacun est seul le monde et l'origine de tout*, je nous divise et je me contredis. Mais si je dis : *Je suis moi seul le monde et l'origine de tout*, non seulement je suis d'accord avec moi-même, mais encore toute personne qui répétera ma proposition pourra bien en convenir pour elle. Car chacun d'entre nous pense bien, en son for intérieur : *Je suis moi seul le monde et l'origine de tout*, n'est-il pas ?

L'assemblée approuva.

— Ainsi, c'est donc la langue qui nous trompe. La grammaire et l'usage m'imposent de distinguer six personnes, *je*, *tu*, *il*, *nous*, *vous*, *ils*, alors qu'il n'y en a que deux : moi et mes idées. Retranchons l'inutile, biffons le superflu, et restreignons la conjugaison à ces justes limites.

» Que chacun répète donc après moi : *Je décide aujourd'hui de réformer philosophiquement le langage, et d'en bannir l'usage négateur des* tu, il, nous, vous, *car je suis seul le monde et l'origine de tout, et me délivre, par cette purge grammaticale, de ces maux de tête insupportables qui sont les miens depuis toujours.*

Et tous répétèrent en chœur de façon liturgique :

— *Je décide aujourd'hui de réformer philosophiquement le langage, et d'en bannir l'usage négateur des* tu, il, nous, vous, *car je suis seul le monde et l'origine de tout, et me délivre, par cette purge grammaticale, de ces maux de tête insupportables qui sont les miens depuis toujours.*

Et Monsieur de Languenhaert reprit :

— *Et désormais, quand une de mes créatures dit*

« je », je dois entendre et penser « je » à mon tour, et ainsi je ne suis pas démenti.

Ils reprirent en braillant :

— Et désormais, quand une de mes créatures dit « je », je dois entendre et penser « je » à mon tour, et ainsi je ne suis pas démenti.

— Tout part de moi et y revient.

— Tout part de moi et y revient.

Ce fut un délire d'applaudissements. On se congratula, on se serra la main, on ouvrit des bouteilles et l'on porta des verres. Tous les disciples, s'ils n'avaient pas tout compris, avaient compris qu'ils avaient raison et s'en félicitaient. Je dus éventrer plusieurs tonneaux car la séance finit fort tard. Monsieur de Languenhaert, ivre mort, nous paya royalement, et ma Suzon, touchée, retira ce qu'elle avait dit précédemment sur les philosophes et la philosophie. Vrai, l'avenir de notre petite Athènes s'annonçait fort heureux.

★

A la quatrième séance, Monsieur de Languenhaert se révéla brillant. Il lia la philosophie égoïste aux nouvelles théories anglaises qui traitent de l'entendement, et ce fut la première fois que j'entendis prononcer les noms de Newton, Locke et Berkeley ; j'avoue que je n'entendis pas tout, tellement son discours fut puissant. Malheureusement, ses sectateurs bâillèrent, et ne retrouvèrent leur entrain qu'au moment où l'on ouvrit quelques bouteilles. In vino veritas, dit-on, mais je commençai à douter que, de la vérité, ils eussent le moindre souci.

A la séance suivante, ils commencèrent à se faire moins nombreux ; et aux suivantes encore. Il semblait, paradoxalement, qu'à mesure que Monsieur de Languenhaert devenait plus profond, ils se lassaient de l'écouter.

Enfin arriva le jour où il n'y eut plus personne...

Suzon et moi étions bien tristes lorsque Monsieur de Languenhaert entra. Curieusement, il ne parut pas surpris, et cela sembla même ne l'affecter que très modérément. Étonné, je lui en fis la remarque. Il répondit en riant qu'il avait dit tout ce qu'il avait à dire, et que, depuis deux semaines, déjà, son esprit achoppait à penser quoi que ce soit de nouveau; comme le lui montraient les bancs déserts, il était temps pour lui de s'arrêter, l'École devait fermer aujourd'hui. Il paya les derniers effets, ajouta une bourse et s'en alla tranquille. J'avoue que ce soir-là, ma Suzon et moi, répugnant à nos principes, nous bûmes peut-être plus que de raison pour nous laver la tête de notre mélancolie.

J'appris l'année suivante que Monsieur de Languenhaert était parti demeurer en province, ce que je trouvai fort dommage pour un homme de cette valeur. On n'en entendit plus parler à Paris.

Après avoir lu ce livre, je pris une décision : partir pour Amsterdam. Si Gaspard était né là-bas, il devait en rester quelques traces. Qui sait ? peut-être même y était-il retourné après son échec parisien ?

Il me sembla tout à coup que j'avais irrésistiblement raison, et, comme en toute pulsion irrationnelle, j'y puisai un grand espoir.

Paris m'était devenu insupportable : tout y clamait ma débâcle. La Bibliothèque nationale n'était plus qu'un grand corps vide, où chaque rayonnage me narguait de son silence, et mon appartement devenait la poubelle de mes jours. Je n'avais pas dû me laver depuis des semaines, me contentant machinalement d'enfiler de temps en temps les vêtements propres que je trouvais dans mon placard ; je commençais à porter, sous mon gros pardessus, des pantalons et des chemises d'été. Avant de quitter les lieux, je fis quand même l'effort de fourrer dans un grand sac les premières affaires qui encombraient le sol et de les confier à une laverie. Je partis donc à peu près net, à peu près rasé et lavé.

Rien de plus abstrait qu'un voyage en avion : je ne me vis ni monter, ni décoller, ni atterrir ; des hôtesses charmantes et interchangeables s'occupèrent de mon petit estomac de manière charmante et interchangeable; quand elles me dirent que c'était fini, l'aéroport d'arrivée semblait celui du départ, les voyageurs les mêmes. Mais l'accent du chauffeur de taxi me l'assura : j'étais bien à Amsterdam.

La Grande Bibliothèque d'Amsterdam présentait le même confort irréalisant qu'un grand vol international. Tout y était propre, moderne, lustré, spacieux, inengageant. Je finis donc par me retrouver, sous la lumière des néons, devant le fichier de la lettre L.

Languenard, Languenart, Languenerre, Languenert, Languenha... et, là où aurait dû se trouver une fiche Languenhaert, une petite enveloppe blanche adressée à mon nom.

A mon nom?

Je crus rêver.

Je fermai, puis rouvris les yeux : elle était toujours là. Je saisis l'enveloppe : elle existait bel et bien. Je l'ouvris : elle se laissa ouvrir.

A l'intérieur, un bristol, à mon nom, comprenant ces quelques mots tracés d'une écriture précise :

Cher monsieur,
Inutile de chercher ici, vous ne trouverez rien. Rendez-vous plutôt aux Archives municipales du Havre, et demandez le « Manuscrit de Champolion », année 1886, nº 745329.
Ne me remerciez pas.

Le billet n'était pas signé.

Le bristol pliait sous mes doigts, le plafond était bien au-dessus de ma tête et le sol sous mes pieds. Tout demeurait terriblement normal! Un diable, des fumées, des chats célestes m'auraient presque rassuré, tandis que là, dans cette salle profondément commune, rien ne laissait prise au surnaturel, tout rutilait de la même objective modernité.

54

Et pourtant...
Et pourtant ce bristol...
Qui? Mais qui donc?

Amsterdam-Le Havre. Pas d'avion direct. Il faut attendre. Changer. Prendre le train à Paris. Jamais chemin de fer ne me parut si long qu'en ce petit matin. L'omnibus s'arrêtait à tous les réverbères.

Enfin j'arrivai aux Archives municipales du Havre. L'employé unique, un petit homme chauve aux grosses lunettes rondes, accueillit ma demande d'un œil soupçonneux. Visiblement, ma détermination avait quelque chose de suspect, j'étais un étranger. Il disparut à petits pas comptés, fut absent dix minutes, puis revint avec un rouleau de carton.

— Je vous signale que les pages de tous nos manuscrits sont exactement dénombrées et que je vérifierai quand vous me rendrez le document.

Je le remerciai chaleureusement. Il me jeta un œil noir. Ma joie insultait à sa dignité de fonctionnaire consciencieux.

Du rouleau, je sortis une vingtaine de feuillets couverts d'une écriture serrée, à l'encre mauve qui avait dû être violette. Sur le tube, une étiquette indiquait qu'il s'agissait d'une nouvelle manuscrite, due à un certain Amédée Champolion, professeur au lycée Colbert, léguée aux Archives municipales en 1886. Je ne voyais toujours pas le rapport avec mon affaire.

Je m'installai près d'une fenêtre et entamai ma lecture.

L'étoffe dont sont faits les rêves

L'air était lourd de fumée. Nos réunions du samedi soir à la pension Vaubourgueil se passaient toujours fort bien. Rien ne vaut, en fait de société, la compagnie d'une huitaine de célibataires dans la force de l'âge; loin de toute présence féminine, l'appétit s'avouait, le vin coulait et les gilets se dégrafaient, tandis que les conversations se déboutonnaient. L'ingénieur Godard nous fit le récit, pour la centième fois peut-être, de son dépucelage, à quatorze ans, par sa marâtre, et pour la centième fois sûrement, nous fîmes semblant de ne pas le croire, tant l'événement paraissait imaginé; alors Godard, pour la centième fois, ajouta un centième détail si précis, si étrange, que nous convînmes de concert que cela certes ne pouvait pas s'inventer, et nous fûmes forcés de le croire. Dubus, le vétérinaire, nous raconta les turpitudes de nos paysans bretons, et le docteur Malain, qui par bonheur avait de la famille à Paris, nous apprit les perversités multiples de l'ignoble et voluptueuse capitale...

La chaleur de la digestion, la fièvre du vin dans nos veines et la tournure gauloise de la conversation allumaient nos désirs et nous sentions venir le moment où, comme chaque samedi, notre troupe irait finir la soirée au 39, impasse des Picards, dans les bras de quelque belle fille lascive qui aurait ensuite bien du mal à nous réveiller. En somme, une excellente soirée.

Ce soir-là, notre cher Lambert, notaire à Saint-Malo, nous avait amené son jeune clerc. Au cours du repas, le postulant se montra digne des espoirs mis en lui, appréciant mets, vins et discussions, riant à nos mots d'esprit, plaignant nos maux d'estomac, écoutant avec envie, semblait-il, le récit de nos fredaines, et tout cela sans jamais se déprendre de cette réserve pudique et admirative qu'apprécient tant les hommes mûrs dans la jeunesse. J'avais remarqué cependant qu'au moment où l'on servait le café, il s'était assombri.

Lorsqu'on fit passer les liqueurs, profitant d'un temps mort entre nos gaillardes évocations, il dit gravement, en suivant des yeux la fumée qui sortait de ses lèvres :

— Il est bon d'être avec vous, messieurs, mais comme toujours quand je suis heureux, je me demande si je ne rêve pas. Comme disait le poète, le monde est-il d'une étoffe réelle, ou bien du tissu dont sont faits les songes ?

La torpeur de l'après-dîner, mêlée à l'état de veille et à l'engourdissement du bien-être, donnait un poids étrange à ces paroles. J'avoue qu'à cet instant, je n'aurais pu assurer que j'étais effectivement éveillé. Le jeune homme laissa peser le silence, notre attention était suspendue ; mes yeux se fermaient malgré moi. L'ingénieur Godard lui demanda de poursuivre, d'une voix lointaine, comme étouffée.

Le clerc réfléchit, et nous dévisagea tous un à un.

— Qui vous prouve, docteur Malain, que vous êtes bien ici, et non dans votre fauteuil ou votre lit ? Qui vous garantit, monsieur l'ingénieur Godard, que vous êtes vraiment en train de boire, fumer et plaisanter avec vos amis, et que vous ne rêvez pas, plutôt, que cela vous arrive ? Certes, vous pouvez nous toucher, direz-vous, et vous pincer vous-même, mais dans le théâtre de nos nuits, nous sentons, goûtons, tâtons comme dans le jour, nous croyons prendre de vraies calèches, monter de vrais chevaux, consommer de la vraie viande, embrasser de vraies femmes ; or, il n'y a là, le matin nous l'apprend, que vapeurs d'imagination. Mais ne peut-on pas rêver qu'on se réveille ? Et se réveille-t-on jamais de la vie ?

Il s'interrompit et sembla se renfermer en lui-même, comme happé par je ne sais quelle pensée douloureuse. Ce n'est qu'à cet instant que je remarquai que le jeune homme, sous ses allures de dandy de province, paraissait fragile, son pâle visage dévoré d'une nervosité maladive. Un pli d'amertume déchirait sa bouche, et ses yeux sombres et étincelants, étroits comme des meurtrières, semblaient ouverts sur des abîmes.

Nous le priâmes d'en dire plus, un peu par politesse, un peu par pitié, mais surtout parce qu'il avait refroidi définitivement notre humeur gaillarde. Malgré moi, je sentais naître de l'intérêt pour ces étranges spéculations.

— Dites-nous donc votre histoire.

Ses yeux se relevèrent, et nous eûmes l'impression qu'à partir de ce moment-là, il lisait en lui-même.

— J'ai vécu dans un château breton, noir et sombre sur la falaise, surplombant la mer et donnant sur l'infini. C'est là que naissent et meurent les Languenner depuis des siècles. La sauvagerie morne des lieux a toujours engourdi nos volontés et a glissé dans nos cœurs un sinistre poison : nous passons notre existence dans des ruminations métaphysiques auxquelles seule la mort apporte un terme. Ce tempérament n'a jamais produit d'hommes exceptionnels si ce n'est, au siècle dernier, un de mes ancêtres, qui poussa l'inquiétude jusqu'au génie.

Il se versa un verre de fine, comme pour se donner du courage. D'instinct, nous fîmes comme lui. Il se repoussa contre son fauteuil, de nouveau ses yeux semblèrent lire en lui et il se lança dans un long récit :

— Mon ancêtre Gaspard venait des Pays-Bas. Notre famille s'était convertie massivement au protestantisme, vers le début du XVIIᵉ siècle, mais quand les persécutions catholiques se déchaînèrent, mes aïeux furent sommés de choisir définitivement entre les deux fois ; par prudence, la plupart firent mine de retourner à leur première Église, sauf, justement, les parents de Gaspard qui préférèrent l'exil aux compromissions ; je crois que jusqu'à la fin de leur vie ils se comportèrent en protestants irréductibles. Ils partirent donc, et échouèrent en Hollande. Ils changèrent de Languenner en van Languenhaert, firent fortune et

58

eurent un fils. Avec les années, les courriers s'espacèrent entre les cousins séparés par l'espace et la religion.

Aussi, quelle ne fut pas la surprise de la branche bretonne quand, après une quinzaine d'années de silence, aux alentours de 1720, elle reçut une lettre de ce neveu qu'elle n'avait jamais vu. Dans ce courrier, il leur apprenait, outre la mort de ses parents, son arrivée prochaine ici, et surtout son intention de s'installer définitivement sur la terre de son sang.

Les nouvelles de ce parent tombé du ciel mirent la famille en joie. C'était le pardon et la réconciliation qui leur arrivaient par ce courrier, et, il faut bien l'avouer, ils espéraient aussi que ce neveu prodigue leur apporterait l'or des cousins, car déjà notre famille prenait le chemin de la gêne où elle est aujourd'hui.

Enfin, le neveu prodigue arriva. Tout le monde l'attendait sur le perron.

Il descendit du fiacre, et chacun fut frappé par sa beauté. C'était, d'après les témoignages unanimes, un des plus beaux hommes que la terre ait portés ; le portrait qui nous en reste le montre grand, élancé, viril cependant, avec un nez fin qui descend noblement du front sur une bouche mince. A sa vue, les hommes de la famille éprouvèrent de la fierté et les femmes étaient près de se pâmer. Les retrouvailles s'annonçaient chaleureuses.

Il brisa là toute effusion, n'eut aucun regard pour la maisonnée, et ne parla que pour demander, à la première main tendue, qu'on l'emmenât promptement dans sa chambre, où il tenterait de se reposer des fatigues du voyage. On s'empressa, on le conduisit, chacun y allant, qui d'un compliment, qui d'une anecdote, qui d'une plaisanterie ; en vain, il n'entendit rien et ne vit personne. Arrivé à sa chambre, sans la considérer, il se jeta sur le lit et s'endormit. On le laissa.

La joie était tombée, mais on ne se l'avoua pas encore. On attendit le repas du soir, et, progressivement, tout ce qu'il y avait de jupons dans la maison reprit espoir, remettant ici un ruban, là une boucle, car le cousin était fort plaisant. Trois heures plus tard, on le plaignait déjà, on accusa la route, les essieux, la chaleur, le changement de climat, et on remit au dîner tous les espoirs de fête, d'embrassades, d'attendrissement sur les souvenirs.

La table était somptueuse, et le menu prévoyait quatre viandes. Enfin Gaspard descendit. Et ce fut pire encore que dans l'après-midi. Il ne salua personne, ne desserra les lèvres que pour manger, ce qu'il fit copieusement et sans un mot de compliment. Sitôt la dernière bouchée avalée, il finit son verre et, coupant le discours de Jean-Yves de Languenner qui tentait, pour la millième fois, de relancer la conversation, il disparut sans mot dire.

L'hostilité éclata. La colère était plus vive encore chez les femmes, car il était trop beau pour ne pas les humilier par tant d'indifférence. Jean-Yves de Languenner, prostré, doutait de pouvoir jamais obtenir un appui financier d'un fat de cette espèce. A la fin de la soirée, on était remonté au déluge, on avait retrouvé dans les cousins maudits les traits qui rendaient leur enfant si odieux, et on commençait à douter sérieusement de garder un hôte pareil. A minuit, on décida de lui signifier, au déjeuner suivant, de déguerpir.

Or, le lendemain, Gaspard fut charmant. Il vint présenter ses hommages à chacun, flattant les dames, plaisantant avec les hommes, tout cela avec une grâce et une légèreté qui firent fondre les rancœurs. Sitôt assis, il déclara qu'il n'avait jamais aussi bien mangé que la veille. On pensa qu'il était lunatique. Il montra tout au long du repas des trésors d'esprit, un humour délicat et un enjouement qui acheva de tourner les cœurs. Enfin, au dessert, il évoqua ses années parisiennes, consacrées à de grands travaux littéraires. Il fit apporter son livre, et tout le monde s'émerveilla. On le prit pour un philosophe, quelqu'un qui ne vit pas la même vie que nous et que la profondeur de ses pensées rend parfois trop rêveur. On excusa, on pardonna tout.

On lui demanda d'expliquer son livre. Il expliqua que c'était là une nouvelle métaphysique, à la fois moderne et vraie, qui démontrait, par vingt-quatre propositions, que le monde n'avait pas de réalité en soi, mais n'était qu'un fruit de son imagination et de ses désirs.

On applaudit. On cria très haut qu'il était un poète, et l'on pensa tout bas qu'il était fou. Mais sa folie avait les parures du talent et semblait bien inoffensive. On l'accepta complètement quand Jean-Yves de Languenner lui soutira une première somme d'argent pour entreprendre des travaux de toiture. On l'adora sans se poser plus de questions. On comprit très vite qu'il suffisait de lui donner l'impression de réaliser ses désirs pour tout obtenir de lui. Jean-Yves de Languenner devint expert dans l'art de le manipuler, et, après que les premières sommes obtenues eurent rétabli une situation saine dans la maisonnée, il se remit au jeu, passion de sa jeunesse. L'intérêt bien compris régla désormais les rapports de tout un chacun, et la vie devint douce.

Seul mon grand-père, tout jeune à l'époque et de qui je tiens tous les détails de ce récit, se prit d'une réelle affection pour Gaspard, lequel se révéla extrêmement cultivé et, à ceci près qu'il se prétendait l'auteur de tous les livres qu'il lisait, sa conversation était pleine de sagesse et d'enseignements. Par lui, mon grand-père découvrit l'*Odyssée*, la Bible, *Don Quichotte* et Descartes, et acquit un vernis de philosophie anglaise, chose rare en province. Pourquoi l'étrange philosophe qui se

61

croyait seul au monde perdait-il son temps à instruire un garçon de quinze ans? Il affirmait que c'était pour lui l'occasion de faire le point sur ses connaissances.

Mais il fit plus qu'initier mon jeune grand-père aux plaisirs de l'esprit, il lui ouvrit les portes de ceux de la chair. Des bordels il était familier. Loin d'être une fusion des âmes, l'amour se réduisait pour lui à un commerce des sens, commerce inégal au demeurant, car peu lui importait le plaisir de sa partenaire. Aussi préférait-il s'en remettre aux mains des professionnelles. Et sa philosophie égoïste lui avait fait passer le seuil de la débauche.

★

Il était là depuis un an, et sa vie semblait promise à la répétition des mêmes plaisirs, quand arriva une troupe de Bohémiens. Ils s'installaient tous les deux ans à Saint-Malo, le temps de jouer, danser, dire la bonne aventure et d'accomplir quelques larcins.

Lorsque Gaspard, au sortir des bras d'une belle putain blonde, déboucha sur la place de l'Archevêché, il découvrit les tréteaux des gitans. Ici ils jonglaient, là ils faisaient la roue, d'autres chantaient d'étranges mélopées de leur voix rauque, et des gamines noiraudes aux yeux cernés et aux jupes multicolores s'accrochaient aux passants pour leur dire la bonne aventure. Dans sa logique bizarre, Gaspard se félicita de la surprise qu'il se faisait, et se distribua quelques compliments bien sentis sur sa capacité d'invention. Il s'approcha distraitement d'un attroupement de bourgeois malouins, qui semblait dissimuler un intéressant spectacle.

Une gitane longue et souple tournait et tournait devant les hommes étonnés. Sa peau était de braise et son regard de feu, elle était belle à désespérer le diable. C'était comme une flamme qui dansait sous le ciel. Au sol, un petit chien gris, son étrange partenaire, exécutait des figures acrobatiques, sautant par-dessus ses chevilles, roulant sous ses pieds ; mais personne ne regardait l'animal, tous n'avaient d'yeux que pour elle, ses jambes brunes, racées, nerveuses, son mollet haut. D'un geste violent, comme sous l'effet d'une possession, elle saisit à deux mains jupes et jupons, les froissa, les broya, semblant lutter contre une force obscure et puissante qui brûlait son corps ; et elle frappait le sol de ses pieds nus, son corps se tendait sous chaque coup, comme si elle voulait rejeter dans la terre cette douleur qui l'habitait. Alors elle éleva les mains, et à la danse des jambes s'ajouta celle des bras, les castagnettes claquèrent, sa tête tournait d'un côté, puis de l'autre, ses cheveux fous lui couvraient le visage, et, sans jamais regarder ni quelqu'un ni quelque chose, mais les yeux perdus dans sa transe, elle invoqua le ciel. Sous ses bras, une toison noire et luisante fit rougir les femmes de honte et les hommes de désir, et sa transe en évoquait d'autres, car par là c'était tout son corps nu qu'elle révélait, un être de chair, de poil et de sueur, un corps moite et fougueux, fait pour l'amour. La danse l'emportait, elle tournait, tournait toujours ; le chien, épuisé, la regardait, haletant, les gorges se serraient, la gitane tournoyait. Soudain, elle se recroquevilla, la tête entre les genoux, ses cheveux touchant le sol. Elle resta immobile, ainsi, un instant, et chacun se demandait ce qui allait arriver, mais elle se déplia lentement et salua noblement. C'était une autre femme, calme, hautaine, sans trace d'essoufflement, d'effort ou de fatigue. Quelques applaudissements timides troublèrent le silence.

Gaspard, sans réfléchir, enjamba les rubans qu'elle avait disposés sur le sol pour marquer son territoire, la saisit par le bras et lui dit à l'oreille :

— Viens avec moi, je te veux.

Elle se débarrassa de son étreinte d'un geste sec et partit tranquillement faire la quête avec son tambourin. Quand elle repassa près de lui, il tendit une bourse pleine d'or. Elle la prit, en tira une pièce, et lui rendit la bourse.

Il s'approcha encore, et répéta sourdement :

— Viens avec moi, je te veux.

Elle glissa vers lui, le contempla ; elle regarda sa bouche, qu'il avait belle, ses cheveux, d'un noir profond, les sourcils si fins, le cou pâle et puissant, puis les yeux de nouveau et, avant qu'il ait eu le temps de comprendre, le gifla violemment.

Il resta cloué sur place, interdit. Elle rit, cela lui fit mal. Quand il reprit ses esprits, il n'eut que le temps d'entrevoir un jupon qui disparaissait à l'angle d'une maison, et le petit chien qui courait joyeusement derrière.

Alors Gaspard tomba amoureux. Il marcha des heures et des heures, et de toute la journée il ne pensa qu'à elle. Saint-Malo est si triste quand on aime et qu'on n'est pas aimé.

Le lendemain, il retourna place de l'Archevêché. Elle dansa encore. Il était fasciné. Quand elle passa avec son tambourin dans l'assistance, il ne lui donna rien, et resta à la contempler même après que tout le monde fut parti. Alors elle s'approcha et le gifla de nouveau.

Et il se rendit compte que c'était cela qu'il avait attendu depuis la veille.

Il revint le lendemain.

Elle n'y était pas. Il attendit sans comprendre. Quoi ? Aurait-il perdu le pouvoir de la faire apparaître à sa volonté ? Il fallait qu'il se concentre mieux...

Il quitta brusquement la place et sortit de la ville pour marcher à travers champs. L'air frais ne parvenait pas à lui ôter cet étau brûlant qui serrait ses tempes. Ses pas le conduisirent jusqu'à Saint-

Ambroise, et il entra comme malgré lui dans la petite chapelle ronde, perdue sur la colline, sous un ciel bleu et sauvage.

Et pour la première fois, sans s'en rendre compte vraiment, il pria Dieu. Il reconnut le Créateur et lui adressa une longue prière d'abandon et de désespoir; pour la première fois, il eut le sentiment de sa petitesse, de sa finitude, il demanda secours, comme un des humbles et multiples pécheurs qui couvraient la terre bretonne.

Combien de temps pria-t-il? Fut-il entendu? Quand il ouvrit les yeux et qu'il se retourna vers la travée voisine, il vit, agenouillée, fervente, la gitane aux yeux noirs.

Son pouvoir lui était donc rendu!

Elle se leva et lui sourit. Ils sortirent paisiblement.

Elle s'assit sur les rochers, face à la mer; il vint se poser à côté d'elle. Ensemble, ils fixèrent le jeu des vagues et du vent, les rouleaux mille fois recommencés. L'air sifflait et parlait autour d'eux.

— Donne, dit-elle, je vais lire ton destin.

Elle lui ouvrit la main sans douceur et l'observa longuement. Soudain, elle tressaillit, pâlit, son souffle se fit court. Elle lâcha sa main brusquement et s'absorba dans la contemplation de l'horizon.

— Tu vas mourir bientôt.

Elle avait dit cela tranquillement. Lui était tellement heureux de la voir près de lui, de l'entendre lui parler, qu'il ne saisit pas le sens de ces paroles.

Alors, lentement, elle répéta:

— Tu vas mourir.

Quand il comprit, il rit. Il rit fort, longtemps, à gorge déployée. Il était pris d'une pitié attendrie pour elle, une de ses créatures lançait à son créateur qu'il allait mourir. C'était trop drôle. Pourtant, pendant qu'il riait, un frisson glacial lui parcourut l'échine; le vent traversait ses vêtements, il avait faim, il avait froid, il était fatigué, il sentit que lui aussi était fragile, vulnérable. La tête lui tournait.

Une main le saisit.

— Tu vas mourir, mais je vais mourir aussi, avant toi.

Elle le serra très fort, comme avec passion, tandis que ses yeux étaient pleins de haine.

Gaspard avait retrouvé ses esprits.

— Mais non, tu ne mourras pas. Si je le veux, tu ne mourras jamais.

Il voulut lui expliquer qu'il était l'origine du monde, que tous les objets et personnes étaient sous sa toute-puissante juridiction, et que lui seul décidait en dernier ressort. Mais il ne s'en sentit pas le courage et se trouva vaguement honteux.

— Cela serait trop long à expliquer, affirma-t-il lâchement.

Elle le regarda un instant, comme pleine d'espoir, puis redevint sombre.

Elle reprit, butée :

— Ce qui est écrit est écrit.

— Mais où est-ce écrit ?

— Dans ta main, dans ma main.

Gaspard regarda sa propre main. Et elle lui fit horreur tout soudain. Ce n'était plus sa main, mais une énorme araignée de chair, plantée de quelques poils irréguliers, à la peau rougie par le froid ; elle lui sembla obscène. Grelottant, affaibli, il ferma ses paupières lourdes, puis, tout d'un coup, la chaleur envahit son corps.

La gitane avait collé sa bouche sur la sienne, et leurs langues s'unirent ; elle le renversa et se coucha sur lui, pesant de tout son corps. Il eut l'impression que la terre s'écartait.

Et subitement le froid de nouveau. Il ouvrit les yeux ; la gitane, déjà loin sur la plage, partait en courant.

— Où vas-tu ? cria-t-il.

Elle ne répondit pas, mais, en se retournant, lui fit un geste d'adieu.

— Quand nous reverrons-nous ?

Il hurlait.

Elle haussa les épaules et montra le ciel.

— Décidons d'un moment, je t'en prie, ne laissons pas cela au hasard...

— Le hasard n'existe pas, cria-t-elle.

— Naturellement, que le hasard n'existe pas !...

Elle fila tellement vite qu'elle disparut au milieu des rochers.

★

Trois jours passèrent. Trois jours où la gitane fut invisible. Trois jours qui transformèrent Gaspard à tout jamais.

Pendant trois jours, il la chercha et ne la trouva pas ; pendant trois jours, il connut l'inquiétude, l'espoir, l'abattement, la rébellion, la colère, la vengeance. Et, chose plus neuve encore, au bout de trois jours, il eut l'envie de se tuer, car à la douleur de l'amoureux s'ajoutait celle du philosophe démenti... Il appelait la mort comme une délivrance.

Aussi ne fut-ce pas le même homme qui se trouva en face de la Bohémienne après ces trois jours qu'elle lui avait sans doute imposés.

Au crépuscule, il la retrouva sur la place déserte. Là, elle dansa pour lui, longtemps ; la nuit était tombée, il la voyait à peine dans l'obscurité, il entendait son souffle, parfois l'étoffe de ses jupons frôlait sa joue et, quand elle salua, il la prit dans ses bras. Ensemble, ils montèrent dans une petite chambre, sous les toits, qu'avait louée Gaspard, et là, enfin, ils s'unirent.

La nuit fut longue et tumultueuse. Gaspard fut possédé plus qu'il ne posséda, car la gitane aimait son amant, mais en obtenait du plaisir, comme un homme de sa maîtresse : elle exigeait, elle refusait, elle obtenait. Et Gaspard, le sage habitué des bordels et des filles soumises, Gaspard qui n'avait jamais pensé que sa main rencontrait l'autre, que son sexe procurait du plaisir, Gaspard fit l'amour pour la première fois.

Enfin, quand ils eurent épuisé toutes les voluptés, elle l'écarta d'un coup de pied, et, s'étendant au milieu du lit, s'endormit, seule, tranquille, satisfaite, heureuse. Son corps reposait sur le drap, nu, moiré par l'ombre, la lune n'éclairant que son flanc et ses épaules. Gaspard se leva et ouvrit la fenêtre ; la pièce sentait l'amour, l'odeur fade du plaisir de l'homme, et celle, citronnée, musquée, de la femelle. Il la regarda encore. Sa respiration était profonde, sensuelle, on eût dit que l'air s'engouffrant dans son corps la chauffait, la caressait jusqu'à ce qu'elle l'expire. La noblesse d'un animal, pensa-t-il, cette noblesse naturelle, les membres déliés, ce corps qui fait un, et qui n'est pas la vulgaire somme d'éléments divers, de jolis seins, de jolies fesses, un beau minois... Ici, il n'y avait rien à détailler, ou plutôt cela aurait été une erreur de détailler. Il écouta son souffle régulier, la fragilité de la vie en elle ; il réalisa qu'avec sa force d'homme, cent fois dans la nuit il aurait pu la blesser ; il songea avec délices que par trois fois, dans leurs transports, sous l'effet du plaisir, elle avait manqué l'étrangler. Il connut la tendresse et voulut l'embrasser sur le front ; un grognement agressif lui répondit.

Il alla à la fenêtre, et pour la première fois la rue cessa d'être un décor ; il vit la fontaine qui gouttait, le mur lépreux d'en face, l'enseigne de bois verni qui penchait dangereusement, le pavé luisant sous l'unique lanterne. Tout cela lui semblait palpiter d'une vie propre, il avait l'impression que la pierre même grouillait, que le plâtre sur lequel il s'appuyait avait sa respiration propre. Un nuage passa sur la lune, et il n'y pouvait rien.

Il se jeta au milieu de la pièce, effrayé, dégoûté, et vint s'étendre près du corps brun.

Pendant une semaine entière, ils firent l'amour toutes les nuits.

Gaspard, loin de s'habituer à la gitane, la trouvait chaque fois plus étrange, différente, et il ne l'en aimait que plus; et toujours leur plaisir était plus fort et leurs étreintes plus violentes; et toujours elle l'écartait et sombrait dans son sommeil égoïste et repu; et toujours il la regardait dormir avec angoisse et tendresse, mesurant la fragilité de leur bonheur et de leur existence.

Grâce à elle, le monde entier était transformé : le soleil était maître de briller ou de ne pas briller, de se lever ou de se coucher, l'herbe poussait insolemment, les fleurs s'épanouissaient, les gens criaient ou souriaient. Tout était unique désormais, et il n'était plus que le spectateur émerveillé du monde. Lentement, il apprenait.

Toute sa philosophie avait fondu dans les bras de la Bohémienne, il le savait, et ne s'en souciait guère, car il était heureux. Il naissait...

★

C'est alors qu'elle disparut de nouveau.

Pendant des jours et des nuits, Gaspard ne put y croire, il la chercha partout, il écuma la ville et la campagne, s'abaissant même jusqu'à demander aux Bohémiens, des acrobates aux vieilles femmes édentées en passant par la fillette voleuse, si la gitane était souffrante; ils rirent d'abord, puis l'éloignèrent avec mépris. Elle vivait, mais elle ne voulait plus le voir.

Il connut la trahison. Ce monde dont elle lui avait fait cadeau, ce monde qui jusque-là célébrait sa beauté, ce monde lui faisait maintenant horreur; d'étranger, il devenait hostile. Gaspard se mit à avoir peur des chiens. Les longues marches destinées à la retrouver le fatiguaient. Il ouvrit les yeux et découvrit que, pour les autres, il n'était qu'un homme parmi les hommes, une multitude de jugements couraient sur lui, il appartenait, sans le vouloir et sans le contrôler, au flux de leurs consciences, roumi pour les gitans, riche pour les commerçants, et fou pour ses parents. Alors Gaspard éprouva cette solitude qui est le lot des humains, et non plus celle, autonome, suffisante, de la conscience qu'il avait cru être, mais la solitude au milieu des êtres et des choses, une solitude entourée, sans recours, irrémédiable, la solitude humaine.

Le soir du quinze août, un immense orage éclata. La tempête déchirait les flots qui venaient s'abattre en mugissant sur les falaises, le vent faisait gémir les maisons, et la pluie battante, épaisse, retenait les humains cloîtrés. Les femmes priaient pour les marins et les enfants pleuraient. La terre de Bretagne craignait pour les siens. Au château même, on connut un soir d'attente et de veille, par solidarité avec tous ceux qui, en mer, luttaient contre la mort. On trompa le sommeil par des jeux, des lectures, des conversations, déjà faites mais toujours recommencées ; rien ne tenait plus de dix minutes, mais mieux valait cela que la pure angoisse.

La gitane avait disparu depuis déjà une semaine.

Que fit Gaspard pendant cette nuit, perdu au milieu des éléments déchaînés ? Marcha-t-il à travers ville et campagne comme il en avait l'habitude ? Alla-t-il au bordel, dans les bras de la grosse putain blonde ? Retrouva-t-il la gitane ?

Toujours est-il qu'il ne rentra qu'au matin, hagard, sale, trempé, les vêtements en lambeaux, si méconnaissable que les domestiques déjà levés qui allumaient le feu prirent peur et hésitèrent à le reconnaître. Il monta se coucher sans un mot.

Il ne redescendit qu'au repas, lavé, changé, mais le regard vide et la bouche crispée. Jean-Yves raconta les nouvelles qu'il ramenait de la ville : deux chaloupes manquaient encore à l'appel, et l'on ne saurait pas avant des semaines le sort des navires qui étaient en haute mer. Puis, sur un ton plus léger, il annonça que les Bohémiens levaient enfin le camp, et qu'on avait trouvé deux des leurs, ce matin, morts sur la plage à côté du port. L'homme avait été frappé par une pierre et la fille étranglée. Règlement de comptes entre gitans jaloux, assurément, car la fille était très belle, à ce qu'on lui avait raconté. Enfin, une ou deux vermines de moins, c'était toujours ça.

Mon grand-père, le seul qui fût au courant des amours de Gaspard, regarda immédiatement son cousin. On pouvait douter qu'il eût bien entendu, tant il semblait muré en lui-même, étranger à tout ce qui se disait, immobile et crispé. Jean-Yves de Languenner lui demanda posément :

— N'avez-vous rien vu, mon neveu, puisque vous êtes sorti cette nuit, qui puisse apporter des précisions sur l'assassin ? Ne vous êtes-vous pas promené du côté de la plage ?

Gaspard le dévisagea avec étonnement puis éclata d'un rire atroce, un rire de dément où pointait comme une joie mauvaise...

Le lendemain, Gaspard apprit à la famille qu'il comptait se remettre à son œuvre. Pour ce, il se proposait d'emménager dans les combles, entouré de livres, de papier et d'encre ; il manifesta son intention de ne plus perdre un temps précieux à descendre aux repas familiaux ; on lui monterait donc sa nourriture.

On prit l'habitude de lui déposer un plateau devant sa porte. Le philosophe fou vécut et écrivit au grenier jusqu'à la fin de ses jours.

Le jeune clerc se tut. Il avait achevé son récit. Il jeta mélancoliquement un os dans le feu.

— Voilà l'histoire de mon ancêtre, messieurs. Mais, curieusement, il semble qu'il ait survécu à sa mort physique. Ses sombres pensées demeurent au château, ses doutes s'accrochent aux murs, aux rideaux, parcourent les couloirs, remplissent nos âmes. Notre situation financière est redevenue précaire, la domesticité s'est retirée, nous avons dû descendre jusqu'aux travaux des champs.

» Entre ces murs froids, dans ce paysage désolé, au milieu de cette vie laborieuse et morose, les paroles de l'ancêtre consignées dans le livre ont pris un poids qu'elles n'avaient jamais eu. Tous, nous doutons que la vie soit autre qu'un songe, un mauvais songe, car de ce tissu de douleurs et de peines nous pourrions nous passer...

Il se tut, enfermé dans sa douleur. Nous n'osions plus le regarder. Son récit nous avait passionnés mais nous laissait dans le malaise. Nous nous quittâmes brusquement, et il ne fut évidemment plus question de finir la soirée en garçons.

J'étais exaspéré. Après avoir tellement espéré, pour avoir tant attendu de ce document livré mystérieusement par le hasard, à quoi avais-je droit? Aux élucubrations romantico-réalistes d'un écrivaillon de province à la fin du xixᵉ siècle. Il n'y avait là ni recherche historique sérieuse, ni réflexion philosophique conséquente. Une sale fiction! Je n'avais rien appris et j'étais hors de moi.

Cependant, il y avait là une piste. Comment cet Amédée Champolion avait-il découvert Gaspard Languenhaert? Il ne l'avait pas inventé. S'il avait vécu au Havre, il devait avoir eu vent de l'existence de Gaspard, par des voies nécessairement différentes des miennes. Gaspard serait-il réellement venu vivre et mourir sur la terre de ses aïeux? Si tel était le cas, cela expliquerait que Champolion eût pu recueillir accidentellement des témoignages de descendants, ou même avoir recours à des archives de famille. Peut-être ces documents étaient-ils encore là, dans les mains des héritiers?

Cette idée chassa d'un seul coup ma colère. Je me sentis revivre.

Je rendis le manuscrit de Champolion, en prenant la peine cependant d'en commander une copie. Le petit homme chauve aux grosses lunettes rondes tenta de faire des embarras, juste assez pour montrer son importance et tuer le temps, puis accéda à ma demande. En attendant, plus pour m'occuper que par intérêt réel, je tâchai d'obtenir des renseignements sur Champolion, mais, soit que l'homme n'eût rien fait d'autre, soit que les documents eussent été victimes des bombardements de la guerre, je ne trouvai rien. Je sortis des Archives municipales pour me précipiter à la Grande Poste.

Je consultai les annuaires bretons, puis normands, et finis par trouver à Cherbourg un Languenner. Gaspard avait donc encore un descendant ! Je m'en voulus de ne pas y avoir pensé plus tôt, mais brièvement, car j'étais trop joyeux.

Je téléphonai immédiatement. Une voix d'homme jeune, enregistrée sur un répondeur, m'enjoignit de faire un autre numéro, celui de son lieu de travail. Là, dans ce que je compris être un club de sport, il me fallut prendre un rendez-vous avec Jean-Lou de Languenner. Je le fixai pour le lendemain matin, et en route pour la gare...

Le club de sport Vitatoxiformidable occupait un immeuble du centre-ville. On ne pouvait pas le manquer, car des silhouettes de coureurs, de boxeurs ou de lanceurs de poids occupaient, accompagnées d'une flèche, les trottoirs avoisinants. J'entrai. Frisette vernie aux murs, moquette en nylon vert, plafond laqué en bleu, plantes en plastique brillant, tout était censé évoquer la nature. Les garçons et les filles du personnel avaient ces têtes tragiques que l'on voit placardées en taille géante sur les panneaux publicitaires des grandes villes : visages sains, souriants, bronzés, bien dégagés, qui vantent une idée angoissante du bonheur où le corps est tout, et la vieillesse un cauchemar.

Pour me conduire au bureau du directeur, on me fit passer par les salles de musculation. Tous ces engins de torture, toute cette ferraille lestée qui laisse à peine une place au corps suant qui vient y souffrir auraient pu, je l'imaginais, dégager un charme pervers, exhaler les démons de la chair. Loin de là. Le nickel était roi, et le coussin en skaï son sujet. Les lieux avaient déteint sur leurs occupants : les femmes, ou du moins ce qui en avait le nom, sèches, osseuses, sans poitrine ni fesses, avec un teint brun sombre de vieux marin sans doute chèrement acquis dans les cabines de bronzage, portaient à même le corps, qui n'était plus désirable à force d'être sportif, des combinaisons fluorescentes qu'on aurait plutôt vues en panneaux signalant la présence d'un chantier ou bien un accident. Quant aux hommes, toute leur virilité semblait s'être curieusement réfugiée dans une paire de seins hypertrophiés, quoiqu'ils eussent l'air de s'en justifier en laissant pendre sans soutien dans leur short ou leur pantalon ce qui assurait de leur appartenance au sexe fort ; pour le reste, ils semblaient gonflés par je ne sais quoi, l'entraînement, la stupidité ou la prétention, et les attaches de leurs membres grossis restaient les seuls lieux de leur corps où, malheureusement, rien n'avait pu enfler comme un soufflé. Tout cela respirait la vulgarité heureuse de l'imbécile qui pense avoir raison.

J'attendis dans le cabinet du directeur, dont une baie vitrée donnant sur la salle me permit de poursuivre mes réflexions.

Jean-Lou de Languenner entra. C'était un homme de trente-cinq ans, trop souriant, trop viril, trop à l'aise ; il me serra trop fort la main, me pria de m'asseoir, et sauta lui-même trop souplement sur le bureau directorial.

Je me présentai. Après les choses inessentielles comme mon nom, le fait que j'étais parisien, je tentai de lui exposer le but de ma visite. Je ne venais pas pour m'inscrire dans son fort bel établissement, mais pour l'interroger, lui, car j'étais chercheur en philosophie...

— Ah ah! un philosophe...

Il avait dit cela comme un raciste prononce le mot « nègre ». Vaguement conscient, il se reprit :

— Mais j'aime beaucoup la philosophie.

Et il plongea sur moi un regard vide qu'il voulait profond; c'était si pitoyable que par pure bonté je ne lui demandai pas quels étaient ses auteurs philosophiques préférés, doutant que l'on puisse inclure dans ce noble corpus les factures de garage, de gaz et d'électricité à quoi devaient se limiter les lectures du monsieur.

Pour m'encourager, il s'aventura plus avant :

— Je ne savais pas qu'il y avait des chercheurs en philosophie... et pensionnés par l'État... Mais qu'est-ce qu'on peut bien chercher quand on est philosophe? Un savant, un scientifique, un docteur, je ne dis pas, mais un philosophe?

Sans répondre vraiment, j'en profitai pour diriger la conversation sur Gaspard Languenhaert, dont j'étais, assurai-je, le biographe officiel.

— C'était un de vos ancêtres, et, entre nous soit dit, un penseur de première grandeur! Gaspard Languenhaert : cela vous dit bien quelque chose? Ses parents, obligés de fuir en Hollande à la révocation de l'édit de Nantes, avaient modifié légèrement le Languenner initial...

— C'était quand?

— Fin du XVIIe siècle.

Il me regarda, œil rond, bouche ouverte.

— C'est des vieilles choses, tout ça.

Il saisit nerveusement un ballon de rugby miniature qui était sur son bureau. Je sentis que j'allais au-devant d'un échec.

— Écoutez, auriez-vous souvenir d'en avoir entendu parler?

— Non. Jamais.

— Ou alors, peut-être votre famille a-t-elle

conservé de vieux papiers? La maison familiale existe-t-elle toujours? Dans un grenier, dans une bibliothèque, voyez-vous, un chercheur peut parfois trouver des choses qui n'ont jamais intéressé les habitants mais qui se révèlent importantes pour la science.

— Oh! non, j'ai tout brûlé quand j'ai vendu la maison pour laisser passer l'autoroute. C'est la route de Bisanes, vous avez dû y passer pour venir ici. On ne choisit pas toujours. Mais ils ont été très honnêtes, remarquez. C'est avec ça que j'ai pu acheter le local et monter ce club. Ça marche bien, vous savez.

Je sentis mon espoir s'évanouir en fumée. Mon humanoïde me souriait pourtant.

— Il ne vous reste... rien?

— Rien du tout. J'ai tout jeté, ce n'était même pas la peine d'appeler un brocanteur. Vous savez, moi, les vieilles choses...! Et je les aurais mises où?

— Et les livres, et les tableaux?

— J'ai appelé un copain, il m'a dit que c'étaient des vieilles croûtes. Les livres, ils étaient tout abîmés, on les a brûlés avec le reste.

— Peut-être quelqu'un de votre famille a-t-il voulu...

— Il n'y a plus que moi.

Il me regardait, sans bien comprendre pourquoi j'étais si malheureux. Il eut un geste de sympathie.

— Et il racontait quoi, l'ancêtre? Ça alors, je n'aurais jamais cru qu'on avait un philosophe dans la famille. Il disait quoi?

— Que la matière n'existe pas, et que le corps est immatériel. Il pensait aussi qu'il était seul au monde, et qu'il était l'auteur des choses. On a tous pensé cela un jour, non?

Il me fixa, longtemps, sans répondre. J'avais l'impression de voir à travers lui. Puis il me fit apporter à boire. Nous n'avions rien à nous dire.

Je le remerciai avant de prendre congé. Soulagé, il me raccompagna, et, pour être aimable, il m'entretint du seul sujet qui lui faisait plaisir :

— Comment trouvez-vous notre club ?

— Impressionnant... dis-je lugubrement.

— Vous pratiquez ?

Ce fut à mon tour de marquer mon étonnement :

— Pratiquer quoi ?

— Je ne sais pas, moi, un sport quelconque, une activité physique ! C'est bon pour la santé, c'est bon pour le moral, et, il paraît, c'est bon aussi pour la tête. Nous avons ici un ingénieur, il n'est plus le même. Vous qui êtes un intellectuel, vous devriez vous y mettre, vous vous sentiriez plus en forme, moins de soucis. Moi, depuis que je m'y suis mis, c'est simple, je suis transformé. Je suis toujours en forme.

— En forme pour quoi faire ?

— Mais... je ne sais pas, moi... pour être en forme ! C'est la vie, quoi !

Et il me gratifia d'une bourrade dans le dos.

Abattu, déçu, découragé, anachronique avec mes vêtements d'été sous mon gros manteau d'hiver, je traînai encore deux jours dans la pluvieuse ville de Cherbourg. Non loin du port, je m'habituai à fréquenter le Bataclan où deux trois filles lasses exerçaient mollement leur métier, me faisant sentir, à notre commun manque d'entrain, à quel point j'étais fatigué, presque absent au monde.

Quand l'hôtelière me demanda combien de temps encore je comptais occuper ma chambre, je me rendis compte que je n'avais plus rien à faire dans cet endroit ; c'était comme si elle m'avait signifié mon congé. Je ramassai mes affaires et partis par le premier train.

J'arrivai à Paris dans la soirée. J'avais retrouvé, pendant le voyage, un vague petit espoir : j'attendais une nouvelle manifestation de l'homme au bristol. Mais je refusais, trop déçu, de m'accrocher à cette idée. Je me demandais si vraiment je n'avais pas rêvé à Amsterdam, tout cela me paraissait tellement confus, désormais, les lieux, les dates, les gens, les objets... Rien n'existait plus que par mes souvenirs, et je n'étais plus sûr de l'ancrage réel de ceux-ci. Qui ou quoi me prouvait que je n'avais pas imaginé vivre tout cela ? qui me prouvait que ces événements n'étaient pas tout simplement la mise en scène de mes désirs ? Ma pauvre tête ne se fiait plus à rien.

Mais, à Paris, sous ma porte, la même petite enveloppe, la même écriture nette, le même bristol, et cette fois avec ces mots :

Cher monsieur,
Me feriez-vous le bonheur de passer me voir dans l'après-midi du 11 ?
Je crois que nous avons tous deux beaucoup à nous apprendre.
Bien à vous.

Au dos était l'adresse. Nous étions le 10. Le rendez-vous était pour le lendemain. J'arrivais juste à temps.

Je m'arrêtai devant un immeuble moderne, sombre de marbre et de plantes vertes, banal; les miroirs se renvoyaient à peine le peu de lumière qui passait dans le hall. Ascenseur. Ce jour-là, j'étais propre, un peu trop peigné.

Couloir. Troisième étage. Appartement 202.

La porte s'ouvre toute seule. J'hésite.

J'entre dans un appartement noir, volets et rideaux baissés. Tout est silencieux. Tout repose. Je traverse plusieurs pièces nues, sans meubles, cernées de plinthes blanches qui, à elles seules, boivent la clarté qui filtre. Les pièces s'enfilent. Encore. Encore. J'ai le sentiment d'être déjà venu.

Au fond du couloir, une lueur. Le bureau. J'avais prévu qu'il serait là.

J'approche. Peu à peu émerge des ténèbres un globe jaune. J'arrive sur le pas de la porte, c'est le reflet d'une lampe sur un vieux crâne chauve.

— Entrez, je vous attendais.

Le Vieillard vient de déformer un visage crispé, un incroyable réseau de rides et de traits : il me sourit.

— Asseyez-vous.

Parler le secoue. Je lui imagine des poumons fins comme du papier à cigarettes.

Il me regarde de derrière ses paupières cireuses,

lourdes et plissées, une fente si étroite que je ne sais s'il dort.

— Je vous ai attendu cinquante ans. Et puis j'ai vu votre petit mot dans une revue philosophique. Cinquante ans. Oh! avec résignation, car je savais que cela prendrait ce temps, mais avec quelle impatience. J'ai connu le désespoir, le découragement. Mais enfin vous voilà. Je vais pouvoir en savoir plus.

Il est visiblement sénile. Un instant, je regrette d'être venu, et je regarde distraitement la pièce dans laquelle nous sommes. L'ampoule éclaire d'une clarté pisseuse le bureau couvert de vieux dossiers, d'antiques papiers couverts d'encre violette; les murs, que lèche faiblement la lumière, sont des lambris couverts de livres, du sol au plafond. Nous sommes dans une petite bibliothèque; d'instinct, je me sens rassuré et m'enfonce, détendu, dans le fauteuil.

— Mais c'est vous, cher monsieur, qui êtes sans doute à même de m'apprendre beaucoup.

Je me rends compte que ce sont les premiers mots que je prononce. Ma voix, forte et claire, dérange l'air et les murs habitués au silence. J'en éprouve de l'ivresse.

— Je vous dois déjà la découverte du manuscrit de Champolion, et l'assurance de ne pas être totalement en train de rêver. J'avoue qu'à force d'être seul à m'occuper de Languenhaert, j'en arrivais à douter de tout. Cela dit, ce brave Champolion auquel votre mot m'a conduit ne me semble pas avoir effectué un travail vraiment sérieux; ce n'est qu'un romancier. Il a rêvé sur Languenhaert, mais il n'a rien cherché.

— C'était un imbécile, coupe le Vieillard.

Sa voix comme son jugement ont soudain un tranchant qui m'effraie.

Du coup, je me découvre le besoin de défendre Champolion.

— Sa nouvelle a du moins le mérite d'esquisser une objection à la philosophie égoïste : il montre bien que dans l'amour, le vrai, il y a un dépassement de soi, un attachement à l'autre, qui contredit la théorie de la solitude radicale. La présence immédiate d'autrui, par son regard, par son visage, par son comportement, donne bien le sentiment de l'extériorité.

— Sottise. L'impression d'altérité n'est qu'une illusion, vous le savez très bien. Quant à l'amour... au sacrifice de soi... pfuit... prétendrez-vous avoir aimé un jour ?

J'observe plus attentivement le Vieillard. Il est tout habillé de noir, dans un costume trop vaste, terminé par des manchettes de toile blanche amidonnées. De petites mains, les plus vieilles du monde, en sortent, comme si le Vieillard, à travers les ans, avait rétréci lentement dans le vêtement de sa jeunesse.

Il me fixe.

— Et vous, vous tout seul, qu'avez-vous trouvé ? Comment êtes-vous arrivé à Gaspard ?

Je suis choqué qu'il ait dit « Gaspard », j'en suis jaloux, il me dépossède ; mais je ne peux résister au besoin de tout lui raconter. Je lui raconte l'étincelle, le *Dictionnaire patriotique* de Fustel des Houillères, il sourit finement. Quand je lui narre la découverte du recueil de portraits, mon trésor des quais de Seine, il blêmit.

— Le volume date bien de 1786 ?

— Comment le savez-vous ?

— C'est logique !

Je suis interloqué. Il me regarde avec une joie mauvaise. Visiblement, il m'en veut d'avoir découvert ce livre, mais il jouit néanmoins d'en connaître plus long que moi. Je sais que je n'obtiendrai pas de réponse à ma question. Mais comment diable a-t-il deviné la date de parution ?

— Peut-être êtes-vous en possession de la page arrachée ? lui demandé-je.

Il hausse les épaules et me demande le volume. Je lui tends à contrecœur. Avec tristesse, il contemple l'annonce du portrait de Gaspard, et le misérable bout de papier qu'a laissé le vandale. Je le vois rêver un instant puis, brusquement, il se saisit d'une loupe et scrute fébrilement la déchirure. Il relève la tête en ricanant.

— Ce portrait n'a jamais été arraché.

— Mais si, puisqu'il manque.

— Je vous dis que ce volume a été publié tel quel, que ce portrait n'a jamais existé, mais qu'on s'est contenté de l'annoncer.

Il me rend le livre.

— Regardez la languette de papier : la page, si page il y avait, est coupée trop nettement, et surtout trop au ras de la couture : il aurait été techniquement impossible de le faire, une fois le livre relié, sans casser le volume, briser le dos de cuir. L'ouvrage a toujours été ainsi. Toutes les autres pages ne sont qu'une couverture destinée à receler le portrait manquant.

J'observe attentivement l'entrepage. Effectivement, il aurait fallu une habileté diabolique pour opérer ce découpage une fois le livre fait. Je ne peux m'empêcher de m'exclamer :

— Alors, ce livre n'est qu'une mystification !

Le Vieillard s'agite et hoquette. Je comprends qu'il rit. Je le hais.

— Une mystification ? Comme vous êtes drôle ! Non, décidément, jeune homme, vous m'êtes très sympathique.

Je ne peux pas en dire autant de lui.

— Expliquez-moi, je n'aime pas les énigmes.

— Faux ! C'est ce qui vous a plu en Gaspard.

Il redevient grave aussitôt.

— Croyez-vous donc, jeune homme, que le portrait de Gaspard Languenhaert ait une quelconque importance ? Est-il utile de connaître les traits de celui qui dit « je » ? Une conscience a-t-elle un nez, des dents, des cicatrices ou une moustache?

Je ne comprends toujours pas. Il soupire.

— Comment celui qui est à lui seul le monde, celui qui est tout, pourrait-il, sans contradiction, laisser une image mondaine? Gaspard Languenhaert n'a pas de visage, voilà ce qu'on a voulu nous faire comprendre.

Il s'arrête, songeur. Je pense qu'il y a du sens à ce qu'il vient de dire. Je surprends ses lèvres en train de murmurer:

— Gaspard Languenhaert n'a pas de visage, c'est je, c'est moi.

— Mais, selon vous, qui est l'auteur, en 1786, de cette curieuse indication? Qui a pu prendre cette peine? Gaspard était bien oublié...

— Ah ah! c'est là toute la question, et c'est une bien mauvaise question.

En s'enfonçant dans son fauteuil, il se met à parler à voix basse:

— Je suis né à Zagreb, au siècle dernier, du moins c'est ce qu'on m'a dit — qui se souvient du jour de sa naissance? J'y ai fait des études supérieures à l'université, avec le grand Mzdel Zorlav, un élève de Hegel, mais un voyage et un séjour que je dus faire, pour mes vingt et un ans, au sanatorium de Biarritz, arrêtèrent tout. J'étais très malade et très découragé, la vue d'autres tuberculeux ne m'aidait guère. Cependant, parmi les malades, je découvris un très, très vieux monsieur qui tenait d'étranges discours, et qui me prit en affection. C'était Champolion.

— Vous avez connu Champolion!

— Oui, sans doute; en vérité, je n'ai guère de souvenirs de lui, ce n'est que plus tard, bien après sa disparition, que j'ai compris l'importance de cette rencontre. Vous voyez ce que je veux dire...

— Bien sûr.

En vérité, je ne vois rien.

Il prend une chemise de carton rouge sur son bureau et en sort précautionneusement quelques feuillets fragiles, écrits à l'encre violette, tenus par un ruban.

— Voilà, je vous les donne. Elles sont à vous.

— Qu'est-ce que c'est ?

— Les pensées de Gaspard sur la religion.

Je crois à peine à mes gestes en saisissant les papiers.

— Ce sont les originaux ?

Le Vieillard pousse un soupir qui ressemble à de l'exaspération.

— Non, c'est une copie.

— Une copie que vous a donnée Champolion ?

Le Vieillard se renfonce dans l'ombre du dossier. Ses petits yeux me regardent avec une lassitude agacée.

Ce mélange de confiance et d'hostilité me paralyse. Je devrais le remercier, mais aucun mot ne sort de ma bouche.

— Ne me remerciez pas, dit-il en voyant mon malaise, je ne fais rien que de très normal. Un jour, vous ferez de même.

Décidément, il aime prophétiser. Sans doute une manie de vieillard. Je serre le dossier rouge contre ma poitrine, je me sens lourd d'un vrai trésor.

— Puis-je revenir vous voir après l'avoir lu ?

— Bien sûr, bien sûr...

— Demain ?

— Comme vous le désirez.

— Puis-je vous téléphoner ?

— Je n'ai pas le téléphone.

— Remarquez que moi non plus.

— Naturellement. Envoyez-moi une lettre m'annonçant votre arrivée. Je tâcherai d'être là.

Je me lève et lui tends la main par-dessus le bureau. Il parvient à extraire de ses trop larges manchettes ses petits doigts de vieillard, et j'ai l'impression de froisser quelque chose de sec et de friable. Au moment de franchir le seuil, une angoisse me saisit. Je reviens vers lui.

— Trouverons-nous, un jour, encore quelque chose d'autre?

Il soupire avec lassitude. J'ai l'impression de ne pas passer pour très intelligent à ses yeux.

Il plante son regard dans le mien et soudain je ne peux détourner la tête, j'ai le crâne maintenu par un étau. Il articule lentement, presque méchamment, il est effrayant dans la pénombre:

— Vous ne trouverez pas Gaspard là où vous le cherchez. Ne vous égarez pas, ne courez pas les greniers, les archives, les bibliothèques. Ne vous dispersez pas. Rentrez chez vous. Enfermez-vous. Pensez. Ne cherchez pas dans le visible ce qui est invisible.

Il est épuisé par son discours. Il ferme les paupières. Il me libère.

Je n'ai toujours pas saisi.

Il me fait un petit signe de tête.

— Adieu.

Je disparais.

Je reprends le couloir obscur.

Sur le palier, je comprends enfin ce que le lieu me rappelait depuis tout à l'heure: cet appartement est disposé comme le mien, enfilade de pièces, bureau au fond; son jumeau vide en quelque sorte.

Amusant...

La porte se referma toute seule sur moi.

Rentré chez moi, je découvris un texte fabuleux. Dans les combles du château breton où il s'était enfermé, sans contact avec l'humain, tout seul avec ses doutes et sa puissance, Gaspard put développer cette métaphysique inouïe, que le hasard et des soins inconnus avaient conservée jusqu'à moi : la métaphysique de Dieu.

I

Dieu se pencha à la fenêtre et se demanda pourquoi Il avait fait tout cela. A quoi bon ces manteaux, ces chapeaux, qui passent et repassent sans cesse ? Que me fait l'homme qui rit, là-bas, et la femme à qui pèse son fardeau ? Que m'importent le pavé, la flaque, et l'ordure et la boue ? Et pourquoi le vieillard, pourquoi l'enfant ?

Vraiment, pourquoi ai-je fait tout cela ?

II

Comment étais-je avant ? Avant de créer la Terre et les hommes ? Quand j'étais vraiment tout seul ?

Je ne me souviens pas ; mes souvenirs commencent avec le monde.

III

Malheureusement, je ne pouvais pas me suffire de moi-même.

Je ne pouvais faire autrement que d'instaurer le monde.

Si Dieu est à la hauteur de Dieu, Il ne se contente pas d'être Lui; Il fait plus que Lui : Il crée. Parce qu'Il est tout-puissant, Il peut le faire; parce qu'Il est bon, Il le fait. Par pouvoir et par devoir, l'Absolu procède et se répand généreusement.

IV

Je l'ai voulu, je dois m'en souvenir.

V

Étrange que j'aie mis plusieurs années à me rendre compte que j'étais Dieu! J'avais pourtant depuis longtemps tous les éléments en main...

J'en étais arrivé à penser que j'étais seul au monde et l'origine de tout, et ce par simple réflexion. Et un jour, j'ai conceptualisé que l'être d'un tel pouvoir avait Dieu pour seul nom. Baptême tardif.

VI

Ils se demandent pourquoi ils existent...

Heureux hommes! Je peux leur dire! Ils ne sont là que par mon bon plaisir. Je suis leur Dieu!

Mais à moi, et à la même question, personne ne répond...

VII

Il n'y a que Dieu qui ne sait pas d'où Il vient.

VIII

Dieu est orphelin de naissance.

IX

Je n'ai d'autre origine que moi-même.

X

Être soi-même sa propre origine ou ignorer tout de son origine, n'est-ce pas au fond la même chose ?

La transparence est invisible. Comme l'obscurité.

XI

Croire, oui, mais croire en quoi ?

XII

Je n'ai pas décidé d'être. Car déjà il aurait fallu être pour décider d'être ; ce qui recule le problème et ne le résout pas.

Il était dans mon concept — l'Absolu — d'être, mais je ne l'ai pas voulu.

Je suis ma propre origine, mais involontaire, ou plutôt anti-volontaire.

XIII

Finalement, Dieu n'a voulu ni lui-même, ni le monde. Mais cela devait Lui arriver... nécessairement. Une volonté nécessaire reste-t-elle une volonté libre ?

Ô fous, ô fourmis, ne regrettez donc rien ! Il est tellement plus facile de n'être qu'un homme. La condition de Dieu m'apparaît comme la pire des prisons...

XIV

Je les ai créés. Pourquoi me font-ils souffrir?

XV

Ils sont imparfaits, limités, finis...
Dieu se trouve nécessairement en mauvaise compagnie.

XVI

Pourquoi mes créatures me résistent-elles parfois, et pourquoi font-elles tout autre chose que ce que je voudrais qu'elles fassent?

Deux solutions me sont venues :

1. Ou bien, dans mon immense bonté — et cela me ressemblerait bien —, je les ai vraiment créées à mon image, les dotant d'une certaine latitude d'action, d'une indépendance, d'une autonomie qu'on pourrait appeler *liberté*.

2. Ou bien elles ne sont libres qu'en apparence. Je les manipulerais vraiment, mais selon un plan ou un dessein qui m'échappe encore, et que je devrais saisir un jour. Je fais plus que je ne suis conscient de faire, c'est une pensée qui me frappe souvent.

Allons... Dans les deux cas, tout trouve son explication, et leurs petites insolences ne mettent pas mon concept en danger.

XVII

Le monde... oh! je suis las de me servir cette soupe. Je ne la digère plus, c'est un poison, une infection. Ah! l'air pur de l'absolu, une vie où il n'y aurait que moi et moi...

XVIII

L'éternité, bien sûr...
Mais l'éternité jusqu'à quand?

Je reposai les feuillets. La voix qui surgissait

des lignes semblait une voix intime, familière; elle disait une histoire qui, pour étrange qu'elle fût, me revenait comme l'écho d'un souvenir. J'avais l'impression de reconnaître, plus que de découvrir. D'où venait ce sentiment?

Je regardai autour de moi. Mon appartement flottait dans le sommeil: un vague rayon de lune s'attardait sur l'angle droit de la bibliothèque, frappant trois livres d'une lueur froide; le reste s'était résorbé dans l'obscurité. Je me sentais libre.

Je relus une fois encore les pensées de Gaspard. J'avais la conviction d'être au cœur de ce que disaient les mots, voire leur cœur même. J'aurais pu poursuivre... Je voyais Gaspard, dans sa retraite hautaine, occupé à écrire cette métaphysique... je devinais ses hésitations, ses ratures, l'encre qui sèche plus vite que la pensée... j'étais si pénétré de la scène que je vins à douter qu'il y eût une différence entre imaginer et se souvenir...

Gaspard avait compris qu'il était Dieu. Comme certaines évidences frappent à retardement! Il avait créé le monde par effusion de sa puissance et, dans sa joie généreuse, avait doté l'homme de liberté. Mais depuis, il souffrait de cette marge dont abusaient les hommes, dont ils ne se servaient que pour le faire souffrir. Tel devait être l'état de Dieu: le regret constant de sa bonté...

J'allais comprendre. La pensée me démangeait à mon tour. J'avais envie de savoir la suite. Non, mieux: je savais la suite. Moi-même, c'était certain, j'étais dépositaire du secret.

Assez tardé! Je fouillai dans une poubelle pour trouver quelques feuilles au verso vierge, je vidai mon bureau d'un coup de bras circulaire, je m'installai.

Je me jetai dans l'écriture.

J'avais compris.

Le Vieillard avait raison.

Inutile de chercher dans le visible.

Je laissai parler en moi la force qui s'appelait Gaspard et je découvris, sous ma plume, quelle avait dû être sa fin...

Reclus dans son grenier, loin du monde et près du ciel, Gaspard avait retrouvé des forces. Il avait oublié la gitane. Cela lui avait pris plusieurs mois. Au début, à vouloir ne jamais penser à elle, il ne cessait d'y songer; puis l'humanité s'était bornée à des bruits de pas, trois coups frappés derrière la porte, le panier de linge ou le plateau du repas qui l'attendait sur le palier, en haut des marches abruptes.

Justement, ce jour-là, les trois coups retentirent.

Et ce jour-là, Gaspard ouvrit. La pauvre fille manqua mourir de peur : elle avait oublié qu'il pût y avoir un homme derrière le battant. Elle salua maladroitement, récupéra à la hâte la vaisselle de la veille et repartit précipitamment, au risque de se briser le cou dans l'escalier. Gaspard conclut avec satisfaction que, durant le temps de sa retraite, les humains avaient retrouvé le respect de sa personne. Ce matin-là, en se rasant, il fredonna de l'opéra italien.

Sur le coup de midi, il fit irruption dans le grand salon où toute la famille, nièces, oncles, neveux, grands-tantes et cousins, se préparait à passer à table.

— L'épreuve est finie. Réjouissez-vous. Je ne

suis plus fâché. Dieu s'était absenté, Dieu cherchait. Mais Dieu revient.

Il toisa la famille. Tous demeuraient bouche bée, yeux grands ouverts. On entendait voler les mouches de la stupeur.

— Ne tremblez plus, mortels, Dieu n'est que Paix, Dieu n'est qu'Amour. Demandez-moi ce qui vous tient à cœur.

Alors, la tante Adélaïde, qui avait toujours été sotte, mais que l'âge avait rendue, en plus, gâteuse, agrippa le bras de Gaspard.

— Gaspounet, si tu peux tout, rends-moi donc la jeunesse.

Gaspard la considéra avec froideur.

— Mais tu as toujours été vieille et ridée, tante Adélaïde. Je t'ai toujours vue ainsi : je t'ai faite ainsi ! Si je veux voir quelque chose de beau, je me tourne vers Sophie. C'est pour cela que j'ai créé ma cousine Sophie.

Il fronça les sourcils et sa voix devint grondante :

— Ta demande est irrecevable, tante Adélaïde, indigne de ton Créateur. Tu dis vraiment n'importe quoi.

Sophie rougit, Adélaïde pleura.

Gaspard, en colère, quitta la pièce. Sur le pas de la porte, il les semonça néanmoins une dernière fois :

— Songez à me présenter des requêtes acceptables. Il s'agit essentiellement de votre salut, de votre éternité. Pour le reste, Dieu n'a que faire de vos enfantillages. Le Créateur vous salue.

Dans l'après-midi, il communiqua la liste des effets dont il avait besoin pour ses travaux, et demanda aussi qu'on mît un domestique à son entière disposition. La famille pensa que le cousin venait de franchir le pas qui séparait l'extravagance de la pure folie, mais n'en céda pas moins à ses exigences, car il allait falloir, dans quelques semaines, lui faire resigner le papier le délestant de la gestion de ses biens. On fit donc livrer une planche à imprimer, une presse, des caractères, de l'encre, des rames de papier, et on lui adjoignit Bourguignon, un valet qui servait à l'écurie.

★

C'était le jour du Seigneur. Gaspard se vêtit de manière somptueuse, chemise à dentelles, veste et culotte de soie, bagues, bijoux et boutons en pierres précieuses, il chaussa de hauts talons à boucles, coiffa un chapeau à deux plumes et se poudra le visage. Quand il eut vérifié dans le miroir qu'il brillait bien comme un soleil, il dit simplement à Bourguignon :

— Accompagne-moi, nous allons à l'office.

— Monseigneur, vous êtes beau comme un pape !

Gaspard vaporisa encore un peu de parfum et ils prirent le chemin de l'église.

En route, ils rencontrèrent le Pauvre.

Il était sale, décharné. On comptait ses os maigres sous les haillons pouilleux, et sa bouche ne s'ouvrait plus que sur trois dents ; les autres, la misère et la maladie les avaient fait tomber. Il se tenait au bord de la route, assis sur la borne, une main tendue aux passants.

— Qui es-tu, toi ?

— Je suis le Pauvre, dit le Pauvre, nu je suis sorti du ventre de ma mère, et nu je retournerai dans le sein de la terre. Dieu ne m'a rien donné, je n'ai qu'un tesson pour me gratter et une chaussette pour mendier. Mon toit est la route étoilée et mon lit, le rocher caillouteux. Je vis de la charité d'autrui, autant dire que je meurs de faim.

— Mais qu'as-tu fait pour être réduit à cet état ?

— Et qu'a fait l'innocent pour naître orphelin ? Et qu'a fait l'aveugle pour avoir les yeux crevés ?

Qu'a fait le nourrisson pour subir l'abandon? J'ai été puni avant d'avoir fait quoi que ce soit, maudit avant que d'être. Savez-vous ce que je pense parfois, Monseigneur? Dieu ne m'aime pas.

Gaspard fut troublé.

— C'est impossible. Dieu aime toutes ses créatures. Son amour va à tout ce qu'Il fait.

— Alors, c'est qu'Il pensait à autre chose quand Il m'a créé, Il a dû être distrait, un moment d'égarement, la sauce a raté.

— Impossible. Dieu pense à tout en même temps.

— Justement, tout, c'est trop. Il devait être en train de punir un misérable et de créer un innocent au même moment, et Il a mélangé. Moi, ça m'arrive tous les jours...

Gaspard refusa d'un ton ferme, moitié pour le faire taire, moitié pour se convaincre lui-même.

— Les voies du Seigneur sont impénétrables. Ne juge pas de l'intelligence suprême du Créateur à partir de la tienne, nécessairement bornée. Dieu avait sûrement ses raisons de te créer ainsi. J'y réfléchirai.

— C'est ça, Il a ses raisons de m'avoir fait ainsi, mais les siennes ne sont sûrement pas les miennes. Moi, mon rêve, c'était d'être dans la bière, de tenir une auberge, alors, vous comprenez...

Gaspard était furieux contre lui-même. Il ne comprenait pas pourquoi il s'infligeait ce pauvre. Et, en même temps, il était ému par la colère du miséreux. Dans un grand élan de gentillesse et de remords mêlés, il lui prit la main en lui disant :

— Pourtant, je ne te veux aucun mal, sais-tu, je ne veux que ton bien, ton bonheur. Je t'aime, tu sais. Comme les autres.

— Alors, si Monseigneur pouvait se délester d'une petite pièce...

Gaspard tremblait de joie.

— Je puis faire mieux encore pour toi. Je puis t'assurer la vie éternelle.

— Une simple pièce m'assurerait le prochain repas.

Gaspard en pleurait d'émotion.

— La vie éternelle, la vie éternelle, tu m'entends?

— Oui, oui. Mais la prière, ça ne nourrit pas, et l'hostie, ça m'ouvre l'appétit.

Gaspard le regarda avec tendresse, en silence. Et ce silence calma étrangement le Pauvre. Gaspard reprit, de sa voix la plus douce :

— Ne me reconnais-tu pas? Ne reconnais-tu pas celui que tu invoques, que tu pries et insultes à longueur de chemin? Ne reconnais-tu pas celui qui t'a donné tous tes maux et qui vient t'en délivrer aujourd'hui? Ne reconnais-tu pas ton maître?

— Vous...

— Oui, je suis Dieu, ton Créateur et ton Seigneur. Et je suis là pour te décharger du poids de tes peines.

Le Pauvre le regarda par en dessous, soupçonneux.

— Vous êtes trop bien habillé pour être Notre-Seigneur. C'était un pauvre, un guenilleux comme moi, Il était de la profession. Je suis sûr que vous avez la peau des pieds blanche et tendre comme celle d'un bébé. Il ne se serait jamais baladé dans une telle livrée, le Seigneur. Et puis, Il n'aurait pas marchandé une aumône, ni dans un sens, ni dans un autre; mais je me fais peut-être des idées...

— Je suis ton Dieu, car tu as besoin de moi.

— Alors le monde est peuplé de Dieu, car je n'ai rien et j'ai besoin de tout le monde.

— Je ne te parle pas d'argent, je te parle de ton salut.

— C'est un souci de ventre plein. Pour moi, l'avenir se borne au prochain repas, je ne peux pas me permettre de voir plus loin.

— Mais ta vie, tu y tiens?

— Je pense bien, sinon je ne me décarcasserais pas comme ça pour manger, vous me prenez pour un fainéant? D'ailleurs, la vie, c'est tout ce que je possède.

— Et tu voudrais vivre éternellement?

— Comme ça, non! Soixante ou soixante-dix ans de ce genre, ce sera bien suffisant. Mais riche, oui.

— Mais la richesse terrestre n'est rien.

— Parole de riche.

— Parole de Dieu. Je te bénis.

Gaspard, solennellement, imposa sa main sur l'épaule du Pauvre. Puis il détacha sa bourse de velours et la mit dans la main du Pauvre.

— Prends-la, je te la donne.

— C'est trop.

— Ce n'est pas trop puisque tu n'as rien.

— Mais personne ne croira que je l'ai gagnée honnêtement; on dira que je l'ai volée, c'est qu'on ne prête pas aux pauvres.

Il s'esclaffa.

— Et la police, qu'est-ce que je dirai à la police quand ils m'interrogeront? Que c'est Dieu qui me l'a donnée?

Son corps maigre fut secoué d'hilarité. Il dut se retenir à la borne pour ne pas tomber. Quand il se fut remis, il dit en essuyant une dernière larme :

— Si Monseigneur le permet, je ne prendrai qu'une pièce dans sa bourse. Et tout sera très bien.

— Fais, dit Gaspard, et aime-moi bien.

— Oui, Monseigneur.

Et le Pauvre dut se mordre les lèvres pour ne pas rire de nouveau. Il prit enfin la pièce, la mordit de ses trois dents pour en vérifier le métal, salua Gaspard en faisant de grands moulinets avec un chapeau imaginaire, esquissa une génuflexion, lui embrassa la main, et partit en grommelant :

— Vrai, le métier n'est plus ce qu'il était. Ce qu'il faut faire, quand même...

Gaspard se tourna vers Bourguignon et lui dit, le sourire aux lèvres :

— Vois, Bourguignon, un heureux de plus. La journée commence bien.

Bourguignon haussa les épaules et ils reprirent le chemin de l'église.

Ils arrivèrent au milieu de l'office. Le prêtre, à la chaire, se livrait à son sermon de remontrance devant une foule attentive, âmes simples qui buvaient leur rhétorique dominicale.

— Craignez Dieu, tonnait le prêtre, vous êtes noirs, vous êtes sales, le vice pourrit votre peau, les miasmes putrides de votre concupiscence montent jusqu'à moi, de vos mains coule le stupre.

Les braves pères et mères de famille, épuisés par le travail de toute une semaine, propres et endimanchés, raffolaient de la violence du prône ; eux par ailleurs si sages et laborieux se réjouissaient de penser, une fois par semaine, qu'ils pouvaient être coupables, ou plutôt capables, d'un tel dévergondage. Au fond, ce n'était que dans le temps de la messe qu'ils commettaient le péché de chair, du moins en esprit. Vraiment, c'était là leur homélie préférée.

— Vos yeux sont gonflés de désirs, vos vices y font des poches, et vos peaux sont rougies, tuméfiées, brûlées à force de se frotter les unes contre les autres. Vos intestins saignent. Votre queue brûle. Priez, mes frères, priez, et confessez-vous. Il n'y aura de salut que par le repentir. Si votre remords est sincère, peut-être Dieu vous pardonnera-t-Il...

Gaspard marcha droit jusqu'à l'autel, ses pas résonnèrent haut et clair sous la voûte surprise. Il gravit les marches, s'arrêta sous la croix, fit face à l'assemblée, ouvrit les bras et déclara d'une voix d'airain :

— N'ayez plus peur, fidèles, je suis prêt à tout pardonner. Volez, tuez, forniquez, peu importe, faites donc ce que vous voulez entre vous, créatures, mais aimez votre Dieu, craignez-Le, respectez-Le. Là est le chemin de votre salut. Là est la voie de la vie éternelle.

Un silence d'effroi régnait. On avait à peine eu le temps de le voir entrer et monter sous la croix. On crut à une apparition. Et il était si beau, et son verbe était si noble, et sa parole si claire qu'on pensa immédiatement à un archange venu du ciel. L'éclat du vitrail rouge et or tombait sur ses longs cheveux brillants, et dans cette gloire de lumière certains voyaient déjà, ceignant son doux visage d'ange, poindre une auréole.

— Aimez-moi, reprit lentement Gaspard, aimez-moi, et tout sera pardonné.

Une étrange paix gagnait l'église. Mais le prêtre, arrêté au milieu d'une période, éprouvait une telle vexation que la colère l'aida à se ressaisir.

— Qui es-tu? Comment oses-tu interrompre l'office?

— Comment? Tu ne me reconnais pas, toi qui te dis mon représentant sur terre? Ô toi, mon ministre, ô toi qui t'es dévoué à propager ma parole, ne vois-tu pas qui je suis? Ne reconnais-tu pas ton Maître et Seigneur?

Le prêtre ferma les yeux en se retenant à la chaire. C'était le troisième office de la matinée; le vin, comme chaque dimanche, lui était monté à la tête et sa parole avait achevé de le saouler. L'émotion fut trop forte: il s'évanouit dans la chaire d'où l'on ne vit plus dépasser que ses mains, toujours accrochées à la balustrade.

On crut que le prêtre chancelait de bonheur. On reconnut définitivement Dieu en Gaspard et l'on cria: « Noël, Noël! »

Gaspard reçut, immobile, les acclamations, un sourire enfin heureux sur les lèvres. Il bénit la foule d'un geste et sortit lentement par la sacristie. On entonna des chants d'action de grâce, on sanglota, on pria, on dansa, et certains assurèrent qu'ils avaient vu la Vierge en bois pleurer auprès du saint Pierre de plâtre.

Gaspard rentra paisiblement par les rues désertes. Personne n'avait pensé à le suivre; pour tous, il était retourné directement au Ciel. Seul Bourguignon l'accompagnait, dix pas derrière. Mais Bourguignon, tant il riait, devait à tout instant s'arrêter pour s'appuyer sur un mur ou un banc. Il avait le visage couvert de larmes et la respiration coupée : vrai, en trente ans de vie, il n'avait jamais rien vu d'aussi drôle. Il en mouilla son pantalon.

Lorsque Gaspard s'en rendit compte, il le souffleta et lui promit l'écurie. Bourguignon, dégrisé, se jeta immédiatement à ses genoux. Gaspard fut bon, et consentit à pardonner.

Ils rentrèrent, tous deux ravis, au château.

Après ce premier succès, Gaspard eut bien du mal à patienter jusqu'au dimanche suivant, se reprochant quotidiennement d'avoir créé la semaine de sept jours.

Pour tromper l'attente, il s'absorba dans la lecture des Évangiles. Et quand Bourguignon, voyant son maître penché sur sa bible de cuir, lui demandait ce qu'il faisait, Gaspard répondait mécaniquement :

— Je révise mes notes.

Enfin, le jour du Seigneur arrivant, il se rendit dans une autre paroisse. Il était si pressé que Bourguignon dut même courir pour ne pas se laisser distancer.

Gaspard fracassa les deux battants du portail et, dans le soleil matinal et la poussière molle soulevée par le choc, s'avança majestueusement dans la travée.

Mais le prêtre, un grand vieillard sec et blanc, l'arrêta d'une voix coupante :

— Qui es-tu, mécréant ?

— Je suis Dieu moi-même, tu devrais pourtant me reconnaître.

Le prêtre eut un rictus de mépris et lui cria comme on crache :

— Prouve-le !

Gaspard fut interloqué. Il s'attendait bien à une résistance, mais pas à cette haine.

Le prêtre, mis au courant de la pseudo-apparition du dimanche précédent, haïssant le collègue qui s'était laissé abuser, prit de faux airs de suppliant. Il joignit les mains en esquissant une génuflexion.

— Pardonne-moi mon impudence. Mais si tu es bien mon Dieu, Seigneur et Maître, alors tu as déjà connu le doute chez les meilleurs de tes fidèles. De Thomas, qui refusait de croire, n'as-tu pas fait un de tes apôtres et un des saints ? Je t'en prie, si tu es le Tout-Puissant, exécute un miracle pour dessiller les yeux d'une misérable créature. Un miracle, Seigneur, un miracle.

Et la foule de scander :

— Un miracle ! Un miracle ! Il va faire un miracle !

Gaspard cherchait autour de lui, désemparé, quel miracle il pourrait bien exécuter, quand un homme vint se jeter à ses genoux.

— Mon Dieu, mon Dieu, je suis aveugle, depuis quarante ans je suis plongé dans la nuit. J'ai été juste, je suis honnête, je ne méritais pas ces ténèbres. Seigneur, je t'en prie, sauve-moi de mes ténèbres !

Gaspard, par réflexe, imposa ses mains sur le front et les épaules de l'homme, fit un signe de croix sur ses yeux et pensa machinalement : « Vois. »

L'homme poussa un hurlement — de douleur ? de délivrance ? —, puis sauta sur ses pieds. Il roulait de grands yeux écarquillés ; enfin, les bras en l'air, face à la foule, il cria :

— Je vois! Je vois! J'ai retrouvé mes yeux!

Il commença une folle danse autour de l'autel, passant à saute-mouton au-dessus du lourd lutrin de chêne, enjambant les prie-Dieu de manière obscène. La foule riait de bonheur.

Gaspard, nullement surpris du peu de peine que cela lui avait coûté, se tourna vers le prêtre et lui lança sèchement :

— Cela te suffit-il, homme de peu de foi? Reconnais-tu enfin ton Maître?

Le prêtre, la tête penchée, le regardait ironiquement, semblant savourer ce qu'il allait répondre, comme un chat devant la souris acculée dans l'angle :

— Je ne sais si je reconnais enfin mon Maître, mais je reconnais dans ton miraculé le tailleur de la ville, à qui les meilleurs yeux n'ont jamais manqué pour fabriquer les habits les plus fins, ni aujourd'hui, ni hier.

Gaspard, sans comprendre, regarda la foule. Ils riaient tous de la bonne farce que le tailleur venait de lui jouer et ils congratulaient le héros du jour.

Gaspard leva les mains et demanda le silence. Après quelques gloussements et huées, on finit par le lui accorder, car on espérait bien quelque nouvelle extravagance.

— Qu'on me donne un poignard, et je vous montrerai qui est Dieu.

On lui tendit un poignard.

Il leva l'arme devant lui, de ses deux mains, la maintint en l'air un instant.

— Si j'étais un homme, j'aurais peur. Je tiendrais à la vie.

Un profond silence se fit autour.

— Je suis Dieu, donc je me tue.

Gaspard, d'un geste ferme qui ne tremblait pas, s'enfonça le poignard dans le ventre.

Il ressentit une douleur atroce, une brûlure. Il retira le couteau et le jeta au loin, mais vit en un éclair le sang qui se répandait sous son pourpoint, coulait à l'intérieur de ses hauts-de-chausses, le long de ses jambes. Il eut l'impression qu'il se vidait, que le sol montait, la tête lui tourna... et il tomba au pied de l'autel.

La foule exultait !

Certains criaient à l'imposture, d'autres hurlaient : « Encore ! », les hommes l'insultaient, les enfants trépignaient et les femmes voulaient voir. Bourguignon eut beaucoup de mal à emporter le corps exsangue de son maître.

★

Les blessures de l'âme guérissent moins vite que celles du corps.

Après quinze jours de lit, Gaspard pouvait se lever, se baisser, marcher, descendre et monter des escaliers, mais la colère bouillait en lui, noire, épaisse, sans recours. C'était fini. Il détestait les hommes, ces créatures stupides, insistantes, irrespectueuses, malhonnêtes, frivoles, inessentielles, ricanantes, il regrettait violemment d'avoir peuplé le sensible de ces moustiques qui rendaient si douloureuse sa vie de Dieu.

Toute haine est sans doute de l'amour déçu. La déception était vertigineuse.

Il ne supportait plus près de lui que Bourguignon et le médecin appelé par la famille.

Gaspard était particulièrement content d'avoir inventé les médecins. « Pour une fois, pensait-il, je ne me suis pas trompé. » Le médecin le bandait, l'apaisait, et surtout lui prescrivait de l'opium pour atténuer ses douleurs.

Gaspard se félicitait de cette dernière trouvaille. La drogue rendait l'univers supportable. Il suffisait que Gaspard en absorbât pour que les filles de cuisine devinssent plus promptes et Bourguignon moins paresseux à répondre à ses ordres. Le pouvoir de l'opium atteignait même les objets : il rendit moins lourde une étagère de livres qui lui tomba sur la tête et moins anguleux l'angle du lit auquel il cogna son tibia. Bref, l'opium avait une influence bénéfique sur toute la Création et Gaspard décida de ne plus s'en passer.

Un soir, il but même le flacon au-delà de la ration que lui avait prescrite le médecin. Il s'enfonça dans un grand bonheur, où les objets s'étaient décolorés, les reliefs émoussés, et où les hommes n'avaient plus accès ; le médecin diagnostiqua un coma momentané.

Furieux contre son malade, l'homme de la Faculté reprit toutes ses fioles, déclara Gaspard guéri et cessa ses visites.

Effectivement, Gaspard guérit...

Et avec la maladie disparut le médecin.

Et l'opium avec le médecin.

★

Un matin, il se réveilla la tête compressée par des poids invisibles.

Il demanda qu'on appelât de nouveau l'homme de l'art, on ne lui répondit pas, et Bourguignon était en congé.

Il rassembla ses forces pour se rendre chez le médecin. Il marcha plus de deux heures pour s'entendre dire, d'une souillon, que Monsieur le Docteur était allé s'occuper d'un accouchement difficile à quelques lieues de distance, et qu'il ne serait pas de retour avant la nuit.

Même jeu le lendemain. Une fermière accouchait, bien loin.

Point de médecin, point d'opium. Et toujours cette migraine...

Chassé, seul dans la rue, seul avec son mal-être, Gaspard se rendit compte que depuis deux jours il ne faisait que quémander, prier, supplier. Lui, le

Créateur, il était en position de demandeur! Il se cognait de nouveau aux portes du monde qu'il avait pourtant créé!

C'était plus qu'il n'en fallait. A la haine s'ajouta le désir de vengeance. Il rentra au château et s'enferma dans les combles.

On entendit les chocs de la presse à imprimer pendant des heures. Il ne sortit qu'à la nuit, chargé d'étranges liasses.

Le lendemain, au réveil, la famille et la domesticité trouvèrent placardé sur chaque porte de la maison l'avertissement suivant :

> *Tremblez, mortels,*
> *car l'heure est proche.*
> *Bientôt viendra le Jugement dernier.*
> *Les mérites et les fautes de chacun*
> *seront enfin pesés.*
> *Craignez, songez,*
> *car l'heure arrive.*

On rit. Beaucoup, longtemps, très fort.

On rit cependant beaucoup moins quand on apprit des servantes revenant du marché que Gaspard avait aussi couvert les murs de la ville. L'affaire devenait gênante, l'on jasait beaucoup trop, la maison Languenner sombrait dans le ridicule.

On forma impromptu un conseil de famille.

★

A la fin de l'après-midi, Gaspard ouvrit les yeux sur Bourguignon qui, près du lit, le regardait avec un visage inquiet.

— Qu'as-tu, mon bon Bourguignon? Tu sembles travaillé par quelque souci...

— Mon maître, ce sont vos affiches de cette nuit, j'ai peur, j'ai terriblement peur.

Gaspard, ravi de son effet, fut pris de compassion pour Bourguignon.

— Mais ce papier n'est pas pour toi, mon bon Bourguignon, tu es un serviteur loyal, fidèle, je n'ai qu'à me louer de toi. Tu ne dois rien craindre du Jugement dernier, je te sauverai.

— Mon maître, ce n'est pas moi, ce sont les autres.

— Qu'ils aient ce qu'ils méritent, répondit durement Gaspard.

— Vous ne savez pas ce qu'ils mijotent. Ils veulent vous enfermer ici, pour que vous ne puissiez plus vous rendre en ville, ils ont honte de vous. Faites quelque chose, mon maître, ils vont me séparer de vous. Intervenez, montrez-leur qui commande, montrez-leur votre puissance. Pitié pour moi, mon maître; si vous n'intervenez pas, ils me recolleront à l'écurie.

Gaspard devint blanc de rage. Ainsi ses créatures n'avaient toujours pas compris! Il resta muet pendant de longues minutes, puis ses yeux brillèrent d'un éclat mauvais. Il dit enfin, d'une voix déformée par la haine :

— Retire-toi, mon bon Bourguignon, et dors tranquille. Cette nuit j'interviendrai. Ils vont comprendre, cette fois!... Puisqu'il faut en venir là!...

À minuit, lorsque la maison fut silencieuse, il redescendit. Sur chaque porte, il colla une nouvelle affiche. Elle était cette fois-ci rédigée à la main, d'une écriture agrandie par la colère, lettres pointues et boucles rageuses.

Vous êtes dans la nuit,
et vous y resterez.
Demain il ne fera pas jour.
Les ténèbres seront votre lot.
Allez au repentir et
au respect de votre Créateur.

Ceci est mon dernier
avertissement avant l'Apocalypse.

Il remonta, alluma dans sa cheminée un feu d'enfer.

Lorsque les flammes furent au plus haut, le bois crépitant et la chaleur intense, il plongea dans le brasier les pincettes et le tisonnier jusqu'à ce qu'ils rougissent. Puis, sans hésiter et sans trembler le moins du monde, il approcha les fers brûlants de son visage.

Un hurlement retentit dans la nuit.

On se précipita au grenier.

On y trouva, devant le brasier, dans une chaleur étouffante, le corps de Gaspard, inanimé et les deux yeux crevés.

Il flottait une odeur de viande brûlée.

★

Gaspard était aveugle.

Quand il reprit enfin conscience, il fut surpris : les ténèbres n'étaient pas noires, mais rouges ; elles avaient la couleur des flammes.

Des voix lui arrivèrent. Il distingua dans les pleurs qui l'entouraient Bourguignon et quelques femmes de sa famille. Il s'agaça de ne pas reconnaître tout le monde.

— Bourguignon, mon bon Bourguignon, j'ai mal... si tu savais...

— Oh ! mon maître, répondit Bourguignon, avant d'être étouffé par ses sanglots.

— Les hommes l'ont voulu, Bourguignon, je n'en serais jamais venu là tout seul, car Dieu est bon. C'est pour permettre aux hommes de se sauver que je leur ai infligé cela. C'est pour eux, pour eux, car, crois-moi, je souffre aussi. J'ai supprimé le visible. Mais j'ai mal, Bourguignon, j'ai tellement mal.

Il lui saisit convulsivement la main. Celle-ci était mouillée de pleurs.

— Mais toi aussi, tu souffres, mon pauvre Bourguignon, et toi non plus, tu ne l'as pas mérité. Pardonne-moi, je ne pouvais faire autrement.

Il tenta de s'enfoncer plus confortablement dans ses oreillers. Mais la souffrance était partout.

— Désormais, vous sentirez les roses, mais vous ne les verrez plus, le soleil chauffera vos os sans vous éclairer, les poètes ne se confieront plus à la lune ou aux étoiles. Hommes et femmes n'auront plus pour s'aimer que la peau et le nez... Ce n'est pas le visible que je pleure, c'est la folie des hommes qui m'a acculé à nous punir ainsi. Maintenant, mon bon Bourguignon, laisse-moi, et vous aussi, laissez-moi. J'ai cette douleur à supporter, l'arrachement du visible... Laissez-moi.

Gaspard fit venir le médecin. Pour soigner les brûlures de ses yeux, il obtint de nouvelles doses d'opium, et, jour après jour, sa douleur diminua.

Toute la maisonnée, désolée de sa folie, émue par son état d'infirme, lui montra en ces temps-là une plus grande sollicitude qu'auparavant. Gaspard avait raison : les ténèbres leur avaient amélioré le caractère. Et la peur aussi, sans doute...

Bourguignon restait posté en permanence au chevet de son maître, dormait sur la descente de lit, ce qui n'était d'ailleurs pas sans gêner Gaspard, car le valet ronflait, mais il trouvait malgré tout avantage et douceur à conserver ce fidèle auprès de lui...

Enfin, il put se lever. Les premières fois, il perdit l'équilibre, mais Bourguignon le soutint et l'aida. Puis il insista pour se déplacer tout seul dans la nuit.

Mais l'enfer recommença. Pis même, il redoubla de violence. Ce n'étaient plus seulement les hommes qui désormais agressaient Gaspard aveugle, c'étaient les objets : les murs, les portes, les angles des meubles, les poutres basses; Gaspard se cognait partout; son corps n'était que plaies et bosses. Voilà que le monde se montrait désormais hérissé, pointu, aigu. Une violence perpétuelle.

Après le visible, faudrait-il aussi supprimer le tangible?

Vivre devenait lourd.

★

La cécité avait contraint Gaspard à développer son ouïe.

N'avait-il pas, tout d'abord, saisi les bavardages des servantes dans la cour?

L'une disait à l'autre :

— Tu ne souffres pas trop de ne plus rien voir?

— Pas du tout, répondit la seconde, l'obscurité qui précède le Jugement dernier favoriserait plutôt mes amours.

Elles gloussèrent un instant.

— J'en souffre d'autant moins, reprit la seconde, que je ne m'en serais pas rendu compte toute seule. Encore heureux qu'au matin du premier jour, il faisait assez de lumière pour qu'on nous lise l'affiche du pauvre maître!

Et elles rirent de nouveau.

L'histoire contraria fort Gaspard. Il refusa de l'examiner et d'y penser plus avant, mais elle le mettait fort mal à l'aise.

Les jours suivaient les jours. Toujours plus douloureux. A tout moment, Gaspard découvrait que son acte avait peut-être été inutile. Il se blessait à tout et tout le blessait. Où fuir? Dans le sommeil, il était prisonnier de ses cauchemars, et à la veille, prisonnier du monde...

Ce fut Bourguignon, qui, sans le vouloir, vint hâter le destin.

Un jour que Gaspard descendait à tâtons pour

trouver un peu de chaleur sur un banc du parc, il entendit, de l'escalier, des voix sortant de l'office.

La femme disait :

— Hé ! laisse-moi, ne me serre pas de si près. Tu as bu trop de vin, et l'on pourrait nous surprendre. Laisse-moi, te dis-je.

— Mais c'est que je ne veux pas te lâcher, moi, dit une voix d'homme que Gaspard reconnut.

— Lâche ce jupon, Bourguignon, je n'ai pas envie maintenant et ton maître va t'appeler.

— Eh bien, il appellera. La belle affaire ! Je m'en moque. De toute façon, il est tellement fou qu'il trouvera tout seul une explication pour justifier mon absence.

— Et cette explication ne sera pas la bonne ? demanda, rieuse, la voix de femme, dont les petits cris indiquaient qu'elle était en train de se laisser faire.

— Pour sûr que non, ce ne sera pas la bonne. C'est que je crois à la réalité, moi, surtout quand la réalité est aussi dodue que toi. Dis-moi, coquine, pourquoi as-tu mis un décolleté pareil ? Tu sais très bien que je n'y résiste pas.

— Hé ! c'est peut-être pour ça.

S'ensuivit une série de gloussements que de toute façon Gaspard n'écouta pas. Alors, Bourguignon lui aussi le lâchait ? La situation devenait claire : malgré les premières sanctions, la Création se révoltait contre son Créateur. La tête retournée, le cœur lourd, il remonta lentement dans sa chambre et s'y enferma.

Il fallait mettre un terme à cette émeute.

★

Gaspard était très calme. La résolution lui était venue d'elle-même ; elle avait sagement attendu ce moment-là pour se manifester, comme l'arc-en-ciel après l'orage.

Plonger l'univers dans la nuit n'avait pas suffi. Il allait le supprimer totalement.

Gaspard était décidé : ce soir, il sacrifierait le monde !

Être seul, enfin...

Seul avec moi, sans le détour des objets, de l'espace, des hommes, de toute cette vermine objective et odieuse. Seul en compagnie de moi, dans un repos sans fin qui a pour nom l'éternité...

Gaspard serra dans sa main la fiole d'opium. Vraiment, les hommes sont ridicules ! Ils font grand cas de leur vie et ne me craignent même pas. Et pourtant, avec cette simple fiole, je peux les faire tous disparaître. Je détiens le pouvoir entre mes doigts. Le néant ! La destruction ! La solution finale ! L'apocalypse gît au fond d'une bouteille ! Je les ferai mourir, tous !

Mourir ?

Gaspard sourit.

Oui, mourir. Les hommes appellent ce que je vais faire « mourir » !

Il rit de bon cœur.

Mourir, c'est cela, mourir ! Se suicider ! Rapportée à moi, l'expression devient cocasse. Comme si Dieu pouvait se supprimer.

Le rire devint ricanement.

Se suicider ?

Ce n'est pas moi qui vais mourir, imbéciles, mais vous ! Vous tous ! Ce n'est pas moi qui me retranche de l'univers, c'est l'univers que je soustrais !

Gaspard s'allongea sur le lit en cherchant son confort. Il poussa un soupir d'aise.

Adieu, étoiles, haleines fétides, paroles sournoises, meubles pointus, marches d'escaliers, crampes au mollet, femmes rétives et chiens fous. Adieu, l'espace ! Je ne me perdrai plus dans les choses, je m'épargnerai les distances, les portes qu'on ouvre, qu'on ferme, les routes qu'on gravit, les bras qu'on tend. Je m'éviterai la nuit, la fatigue du repos, ces heures contraintes où je couche un corps meurtri, où je voudrais scier mes jambes, ôter mes pieds, briser mon dos, ces heures où, faute de m'évader de mon corps, je tente de le noyer dans un sommeil profond. Repos, odieux repos, tribut de la fatigue de vivre...

Quelle sotte idée de m'être incarné! Lestage absurde! Pour quelques éclairs de jouissance furtive, j'ai dû m'infliger la faim, la chaleur, la soif, la douleur, le froid, la piqûre, ces brûlures, toute cette vie d'homme, de peau souffrante...

Qu'aurai-je à regretter? Pour une odeur de fleurs, le soir, sous la charmille, pour un ciel mauve au jour tombant, pour une cuisse de femme, une mandarine, l'œil d'or d'un chat... Seuls les détails sont beaux dans l'univers; l'ensemble est assommant.

Et me passer du temps qui passe, qui ne passe pas, qui en passant me heurte, me frappe, me viole. Le temps appartient aux choses; en supprimant les choses, je supprimerai le temps.

Perdre toutes mes limites. Fini l'espace, fini le temps! Plus de corps! Seul... illimité... irrelatif... absolu, enfin... La vie lisse, éternelle...

Rien.

Rien que moi.

Et moi, ce n'est pas rien.

Non, non, ce n'est pas rien.

Gaspard se releva nerveusement.

Et si?...

Non, non, c'est trop stupide...

Et si...

La pensée s'insinuait en lui, pointue.

Et s'il allait disparaître avec le monde?

Gaspard se força à rire, d'un rire trop sonore. Il martela à voix haute : « Le Créateur ne meurt pas avec sa Création, il est au-dessus d'elle, extérieur, transcendant. »

Une goutte descendit sur sa nuque, froide.

Transcendant! J'existe, moi, en dehors de ce que je perçois ou de ce que je crée. Je suis moi, c'est plein, c'est rond, moi, c'est quelque chose.

Des frissons lézardèrent son dos.

Un regard qui ne voit rien demeure-t-il toujours un regard? Une conscience de rien reste-t-elle une conscience? Une conscience de rien ne devient-elle pas un rien de conscience?

Fièvre. Tremblements.

Mais non. Je serai moi, conscience de moi. Et je me parlerai!

Parler?

Mais parler même ne sera plus possible. Les mots, avec les sons, s'aboliront dans la disparition du monde. Ce sera le silence.

Gaspard porta la main à son cœur, qui battait trop vite, comme si sa main avait le pouvoir de le ralentir. Le silence... Il s'était habitué à la parole, à sa langue, ce français furtif et précis, comme des petites pattes de moineau courant sur une gouttière.

Mais non, il ne devait rien regretter. La langue elle-même est une perversion. La folie des hommes m'a tellement troublé la tête que je me suis mis à me parler, moi aussi, comme à un autre. Se parler! En étranger! Comme si j'avais besoin du détour des phrases pour me comprendre...

Gaspard soupira et se rallongea, tentant de se détendre. Plus de mots, plus d'histoires... Un long silence de neige...

Et si l'éternité allait être ennuyeuse?

Allons! On ne s'ennuie que dans le temps. Hors du temps, je serai sauf, rivé à la volupté d'être. Sans corps, sans autrui, sans mots. Éternel. Un esprit pur. D'une pureté transparente à elle-même.

Gaspard but une première gorgée.

Je serai tout comme un rien, mais je serai tout.

L'espace m'est une prison, le temps une peine, je n'en veux plus, je m'en libère. Je suis libre. Je suis la nécessité.

Un frisson le parcourut. Et s'il avait encore des souvenirs? Si tuer le monde ne l'empêchait pas d'en rêver, ou plutôt d'en cauchemarder? Prisonnier de sa mémoire pour toute l'éternité...

Pour se calmer, Gaspard but le reste du flacon.

Allons, ce n'est pas possible. Je vais tuer le sensible, cela veut dire que je vais tuer toutes les images, toutes les voix, tous les parfums, tous les visages. Il ne m'en restera plus un. Rêver, c'est encore rester immergé dans le sensible. L'éternité sera sans rêves.

Il lécha les dernières gouttes sur le goulot de la fiole, et s'étendit complètement.

Il trouva le coussin un peu dur, chercha une position plus confortable, et se laissa aller à ne plus rien penser.

Quelques minutes plus tard, Dieu s'endormait de son dernier sommeil, remportant le monde au néant d'où Il n'aurait jamais dû le sortir.

Ce devait être l'aube. Une faible lumière arriva sur ma table. Cinq coups sonnèrent, funèbres, solitaires. Le monde n'était encore qu'un bloc de silence.

Je me fis du café. L'abattement qui suit la création lestait mes épaules; j'étais trop las pour écrire encore, mais trop exalté pour ne plus rien faire; je me mis donc à recopier mon texte à l'encre violette.

A sept heures, le manuscrit était sec. J'ouvris la fenêtre; un jour pâle, hésitant, frôlait les murs de Paris; en bas, la vie avait repris; je descendis dans la rue.

J'avisai un gamin; je lui demandai, pour une pièce, de porter ce paquet à l'adresse du Vieillard; j'y ajoutai un pli qui annonçait ma visite pour le lendemain après-midi. Ravi de l'affaire et soucieux de me prouver l'excellence de mon choix, le gamin ne prit que le temps d'ajuster sa casquette et partit en courant.

Je rentrai et me couchai.

Je dus dormir plus d'une journée et d'une nuit. Je me réveillai à quelques heures seulement de mon rendez-vous avec le Vieillard. Une fois mes esprits retrouvés, j'eus la plus grande peine à dénicher une chemise propre, un bout de pain rassis.

J'enjambai les amoncellements de livres, de papiers, de vêtements, de déchets qui encombraient le couloir. En claquant la porte, je décidai que le lendemain je viderais cet appartement, ou bien que j'en déménagerais.

J'arrivai devant l'immeuble sans charme à l'entrée si sombre. Je montai. Appartement 202. La porte, à la différence de la première fois, était close. Je sonnai.

Nulle réponse.

Je sonnai de nouveau.

« L'appartement est vaste », pensai-je.

Nulle réponse.

Je sonnai et sonnai de nouveau. Je tambourinai sur le battant, puis le frappai, au cas où le Vieillard eût été un peu sourd.

Personne.

La panique me saisit. Je dévalai les escaliers à la recherche d'un concierge, d'un gardien, d'un voisin qui aurait eu le double des clés, mais en vain ! Le bâtiment était désert. Je ne rencontrai que couloirs et portes closes. Pas âme qui vive.

J'étais maintenant au désespoir, persuadé que le Vieillard était mort. Je remontai à toute vitesse, prêt à défoncer la porte. Mais quand j'en saisis la poignée, elle céda à la première pression, très doucement, comme pour m'apaiser.

L'appartement était désormais clair, les murs peints d'une blancheur éclatante. Il ressemblait à ce que j'aurais voulu faire du mien. Comment de tels travaux étaient-ils possibles en deux jours ? Je m'étais peut-être trompé d'étage...

Pourtant, au fond du couloir, là où était le bureau, dans la pièce vide, se trouvait, posée, sur la moquette neuve, une enveloppe à mon nom.

Je l'ouvris.

Cher ami,

Quelques mots pour résumer les faits :

1736 : Mort supposée de Gaspard Languenhaert. En fait, rien ne la prouve. Et l'on ne sait d'où vient l'information sur ce prétendu décès.

1786 : Indication d'un portrait de Gaspard Languenhaert qui n'existe plus ou n'a jamais existé dans la *Galerie des grands hommes*, recueil de gravures d'après peintures. Un recueil de faux publié par un faussaire inconnu.

1836 : Compte rendu des activités de l'École Égoïste dans les *Mémoires d'un honnête homme* de Jean-Baptiste Néré, publiés par Henri Raignier-Lalou. Qui est Jean-Baptiste Néré ? Qui est Henri Raignier-Lalou ? Qu'ont-ils fait d'autre ? Les mentionne-t-on ailleurs ? Ne sont-ils qu'une seule et même personne ?

1886 : Récit des amours de Gaspard Languenhaert dans le manuscrit d'Amédée Champolion. Mais qui est Champolion ?

1936 : Les pensées de Gaspard sur la religion, révélées par un illustre inconnu, moi-même. Mais qui suis-je ?

1986 : La mort de Gaspard Languenhaert racontée par vous-même. Là, c'est un faux manifeste. Mais qui est le faussaire ?

Ainsi, tous les cinquante ans exactement, un inconnu, un nom que rien ne confirme, apporte des renseignements inédits sur un philosophe prétendument mort au temps de Louis XV. A chaque génération, un homme défriche un nouveau champ de la pensée de Gaspard Languenhaert.

N'y a-t-il pas une seule et même personne derrière tous ces écrits ? Qui nous prouve que Gaspard Languenhaert est bien mort ? Où est-il enterré ? Peut-on produire la terre qui l'a couvert, les vers qui l'ont mangé ? Ne reprend-il pas la parole tous les cinquante ans ? N'apparaît-il pas deux fois par siècle ? Celui qui n'a pas de visage, celui qui n'est qu'esprit, qui est tout esprit, et le Tout-Esprit, celui-là peut-il périr comme les hommes et comme les choses ? Croyez-moi, croyez-vous, réfléchissez, Gaspard Languenhaert est toujours vivant. Et il ne mourra pas.

Combien d'heures passèrent ?
Et où passèrent-elles ?
Je ne repris conscience qu'au plus profond de la nuit ; la lumière aveuglante d'un bateau-mouche me découvrit accoudé sur le parapet du pont de Notre-Dame, à contempler l'eau glauque.
Je regardai mes mains, je touchai mon visage. Désormais, était-ce moi Gaspard Languenhaert ?

Du même auteur
aux Éditions Albin Michel :

Romans
LA SECTE DES ÉGOÏSTES, 1994.
L'ÉVANGILE SELON PILATE, 2000, 2005.
LA PART DE L'AUTRE, 2001, 2005.
LORSQUE J'ÉTAIS UNE ŒUVRE D'ART, 2002.
ODETTE TOULEMONDE ET AUTRES HISTOIRES, 2006.

Le cycle de l'invisible
MILAREPA, 1997.
MONSIEUR IBRAHIM ET LES FLEURS DU CORAN, 2001.
OSCAR ET LA DAME ROSE, 2002.
L'ENFANT DE NOÉ, 2004.

Nouvelles
LA RÊVEUSE D'OSTENDE, 2007.

Autobiographie
MA VIE AVEC MOZART, 2005.

Essai
DIDEROT OU LA PHILOSOPHIE DE LA SÉDUCTION, 1997.

Théâtre
LA NUIT DE VALOGNES, 1991.
LE VISITEUR (Molière du meilleur auteur), 1993.

GOLDEN JOE, 1995.

VARIATIONS ÉNIGMATIQUES, 1996.

LE LIBERTIN, 1997.

FRÉDÉRICK OU LE BOULEVARD DU CRIME, 1998.

HÔTEL DES DEUX MONDES, 1999.

PETITS CRIMES CONJUGAUX, 2003.

MES ÉVANGILES (La Nuit des Oliviers, L'Évangile selon Pilate), 1995.

LA TECTONIQUE DES SENTIMENTS, 2008.

*Le Grand Prix du Théâtre de l'Académie française 2001
a été décerné à Eric-Emmanuel Schmitt
pour l'ensemble de son œuvre.*
Site internet : eric-emmanuel-schmitt.com

Composition réalisée par EURONUMÉRIQUE

Achevé d'imprimer en juillet 2010 en Espagne par
Litografia Rosés
Dépôt légal 1re publication : octobre 1996
Édition 14 – juillet 2010
LIBRAIRIE GÉNÉRALE FRANÇAISE – 31, rue de Fleurus – 75278 Paris Cedex 06